所有闪耀只为找到你

—— 钻石爱情

华莉 / 著

北京燕山出版社
BEIJING YANSHAN PRESS

图书在版编目（CIP）数据

所有闪耀只为找到你：钻石爱情 / 华莉著 . -- 北京：北京燕山出版社，2016.6

ISBN 978-7-5402-4125-4

Ⅰ . ①所… Ⅱ . ①华… Ⅲ . ①言情小说－中国－当代 Ⅳ . ① I247.5

中国版本图书馆 CIP 数据核字（2016）第 070957 号

书　　名：所有闪耀只为找到你——钻石爱情
作　　者：华莉
责任编辑：金贝伦　刘冉
封面设计：弘概·麦田

出版发行：北京燕山出版社
社　　址：北京市西城区陶然亭路 53 号
邮政编码：100054
电　　话：（010）65243837
经　　销：新华书店
印　　刷：北京兴湘印务有限公司

开　　本：710mm×1000mm 1/16
字　　数：122 千字
印　　张：13.75
版　　次：2016 年 6 月第 1 版
印　　次：2016 年 6 月第 1 次印刷

书　　号：ISBN 978-7-5402-4125-4
定　　价：32.00 元

目录

美丽的初恋

恒景酒店二十八楼，一位高大俊挺的男人站在落地窗前若有所思地俯视着这座城市。听到敲门声，他收回目光，用冷静浑厚的声音应道："进来！"

深红色的双拉大门被另一个俊俏儒雅的男人打开。

"黄总，过来给您汇报一下工地的进度和商场的销售情况。"这个站在窗前俊挺帅气的男人就是整个恒景集团的董事长黄觉。在这个城市很少有人不知道恒景集团，这个城市的人们对恒景的熟悉就如同所有女孩都知道香奈儿一般耳熟能详。当然，让所有女孩关注的最重要原因是眼前这个男人依然还是个钻石王老五。如果单从长相及身高来说，眼前这个男人绝对可以担任中国版的007男主角，面相立体有棱角，那双棕褐色的眼睛总是让女人迷恋，坚定中带着迷离，温柔中带着冷峻。

“坐吧！行越！”黄觉示意他坐下的同时，秘书早已端上两杯咖啡。

“恒苑花园那边的工程进度很快，按时交工是没问题的，工人活儿干得也不错。小区的园林规划也正同时进行，九月份所有业主就可以入住了，比合同上签订的入住时间还提前了一个月。恒都商场的销售业绩也比去年这个季节增长了百分之二十。”

这个男人的脸上始终一副似笑非笑稳操胜券的表情，多年来他早已练就一身猝然临之而不惊、无故加之而不怒的本事。

“哥，我今天好像看见一个人！”这个看起来儒雅但眼神时刻充满坚定的男人比黄觉小半岁，他从读初中时就爱跟着黄觉混，就连黄觉翘课为女孩打架他也是紧跟其后，那个时候总是有一堆男孩爱跟着黄觉在学校瞎胡闹。所幸黄觉的学习成绩一向很是不错，加上人长得又俊嘴又甜还是深得老师喜欢的，当然这也可能和他那特殊的家庭背景有关，他爷爷是个立过显赫战功的老首长，目前住在北京一个十分安静又漂亮的四合院，不光有警卫还配有个人医生。因他母亲早在他十五岁那年去世，之后他父亲便带着他姐姐去了国外。因是家中唯一男孩，所以深得每个人的宠爱。按他爷爷的话说不调皮的男孩有什么性格，没性格的男孩儿有什么出息。

生活中行越总是爱叫他哥，有外人在时就称呼他为黄总。

"说吧！都遇到谁了，这么认真严肃的样子。"黄觉端起咖啡轻松地笑了笑。

"应该是欣然吧！"

行越看到黄觉拿杯的手微微抖了一下，咖啡顺着杯沿流到了托盘上！

"你没看错吧？那她现在在哪！"他没了刚才的淡定和从容。

这些年只要是听到关于欣然的任何事情，他总是把持不住自己那原本镇定冷静的心情。行越心中想着。

"我在商场看见她的，她刚好在 GUCCI 买完东西，我想追出去叫她时，她已经开车走了！"

"如果确定是她那一切都好办，说明她回来了，而且就在这附近。你现在放下所有事情，给我去打听她的下落，必须要找到她，不惜任何代价。"

"好的，哥！我现在就去！你别急，我一定能给你找到她。"时间就这样把黄觉拉到了十一年前。

那时的黄觉刚刚军校毕业，没有按照家中的安排去政府部门上班。他是一股脑想做生意，开服装店、物流公司和酒店。好像没他不做的买卖，而他似乎也有做生意的头脑，别人能赚钱的事他赚得更多，别人亏损的项目到了他手中也能由亏损转为赢利，年纪轻轻就有了不少现金和固定资产。黄觉他爸本来是很反对他做生意的，但就他目前的状况来看还真是十分适合他那不受拘束的性格，他爷爷那儿就更不用说了，说是好男儿志在四方，不在乎做什么。

国庆节的晚上，黄觉本来是约了几个朋友去酒店玩扑克的，临时接到一个医科大学朋友的电话，说是他们学校今晚有文艺晚会，希望他能去玩玩。

"你小子真逗！学校的文艺晚会有什么好看的！特别是你们这种学术专业性强的学校，那就更没意思了，不像艺术学院还有那么多漂亮的女孩，你还是过来和我们一起玩扑克吧。"

"大哥，我就知道你会这样说，今晚你要是不来可别后悔啊！"一副故弄玄虚的模样。

看那小子说得这么神秘，倒是勾起了黄觉的好奇心，斗地主什么时间都可以玩的，去看看也无妨。

现在的大学生都比较开放，尤其那些艺术院校的门口一到周末横七竖八地停着各种豪车，时常能看见挺着大肚子的中年男人身后跟着一堆漂亮的小姑娘嘻嘻哈哈地出去玩耍。黄觉带着一帮兄弟驶进了学校！在学校的大礼堂他那个朋友早已给他们留好了位子。

晚会刚刚开始，一个男孩和一个女孩神情紧张却又故作轻松开心十足地在前台歌颂着美丽伟大的祖国，一套大学院校晚会开幕式固有的模式后便是学校舞蹈团带来的《美丽祖国》，一群年轻曼妙风姿翩翩的少女出场了，一样的微笑一样的舞姿一样的装束，没有什么特别之处。正当他们觉得无聊想走时突然从舞台的一侧飞出一位女孩，她几乎就是一只轻姿飞扬的蝴蝶，那么清新脱俗。虽然她的装束与其他女孩不同，但那种舞时的神采却并非她人可以模仿的，似乎不是为了表演而舞，而是沉浸在自己美丽缤纷的世界里。

刚才还在后悔来看晚会的黄觉突然眼睛一亮，精神振奋了。

"老伍，这女孩不错嘛！"

被称作老伍的这个人就是给黄觉打电话邀请他们来参加晚会的那个年轻小伙子，研究生毕业后刚被分配到这个学校教务处工作。

听到黄觉问他，他满脸的得意之色。

"大哥，我就说你不来一定会后悔的吧！她可是我们学校最有味道的女孩啦，不光好看而且极度有文采啊！要不是想着哥一直照顾我，我可早就追啦！"

"说这么多废话做什么！大哥问你她是哪个系的？叫什么名字？"行越白了他一眼！

"卓欣然，临床医疗系的学生。学校文艺部副部长兼舞蹈团团长。"老伍讨好地说道！

黄觉叫后排的兄弟们以最快的速度给他买了束大捧的玫瑰！

整个晚会她一共有三支舞蹈，第一支是代表学校，接着是系里最后是班级。尤其以最后一支独舞最优美。一身白色落地蕾丝长裙，头发被高高挽在脑后，头上不经意地插了几束满天星。伴随着那首《亲亲茉莉花》，妙姿卓越的舞步、清澈温柔的眼神征服了现场所有的男生，鼓掌鼓得手都疼了也不管。台下很多女孩齐声喊道欣然欣然我们爱你！这种阵势绝对不亚于超级女声们的啦啦队。最精彩的还是送花那一幕，黄觉安排一个长得帅帅的小兄弟上去献花，惹得下面又是一片女孩的尖叫声。接到花的欣然先是一愣，然后十分自然大方地接过鲜花朝台下挥挥手，台下掌声口哨声连绵不断。

晚会结束了，黄觉提出要请舞蹈队的同学们出去吃饭，因为第二天也不用上课，国庆节学校放假七天，这事当然由老伍去组织。

老伍在一群女孩中找到了我。

"伍老师有什么事情吗？"

"欣然啊，今晚你们舞蹈队女孩的表现真的非常好，学校对今天这场欢迎新生的晚会很满意。辛苦你了！这么晚了，你们还没吃饭吧，我代表学校请你们大伙出去吃个饭吧！"

这个提议得到其他女孩一致赞同，天天在学校吃那没油没味的大锅饭已经让人快失去吃饭的激情了，跳了一个晚上肚子实在是饿得咕咕叫，之前大家还商量着晚会结束后一起去吃麻辣烫，所以还没等我回答，这些女孩就高兴地答应了。

看着大家期盼高兴的眼神，我也不好扰乱此刻的气氛，只好笑笑说："那就随你们吧。"姑娘们的欢呼雀跃之声吵得我耳朵都听不见了。

"欣然啊！你们就打个车到恒风酒店吧，车费回头给报销，我先处理完学校这边的事马上过去找你们。"女孩们听完都吐吐舌头，扮了个鬼脸。要知道这个恒风酒店在当时可是很有名的。随便在那吃点什么都要好几千。

"你小子搞什么鬼？为什么不让她坐我们的车和大哥一起走？"行越有点生气地说道。

"咦！越哥，你可不了解这个鬼丫头，精得很，要知道是你们请她吃饭她早就扭头走了。你以为就只有你们想请她呢？校外有钱人追她的多了去了，不过这女孩不知道是心气高呢还是什么别的原因，总是一副也不得罪你但也绝对不和你玩的态度。我已经暗中观察她很久了。等会碰面时你们就说我们刚好是在路上碰见的，可千万别说漏嘴哦。"

"有那么麻烦吗？不就是泡个妞吗？我们大哥最会做的事情刚好有三件，打架、赚钱、泡女人！"黄觉一小兄弟十分不屑地说道。

说话间已经到了酒店，伍老师告诉我们吃饭的地点在二楼的201包厢。

正当我们大家热闹地在包房打闹聊天时，伍老师带着黄觉他们进来了，他扯扯嗓子故意轻松自然地说："在路上刚好碰见几个朋友，也没外人顺便过来一起吃顿饭。"

"这位是黄总，年轻有为，风流倜傥。今天我们吃饭的这家酒店也是他众多经营中的一个项目啊！"伍老师似乎为他能认识这么优秀的朋友感到自豪，满脸掩饰不住的得意。

女孩们一下见到老师带来了这么多帅哥心情都十分雀跃，尤其是听到伍老师的这番介绍后更是高兴，能认识这么帅气又多金的男人实在是难以抑制内心的兴奋啊！

"那我们今天能和黄总一起吃饭真是荣幸十足喽！"一位名叫珊珊的女孩撒娇地说道！珊珊是从下边一个小县城考来的学生，历经了省城的繁华与多金后就再也不想回到自己的家乡了。她十分有眼色和心计，拼命与学校教务处及各科室老师关系处理好，想毕业后能留校工作。她人长得还算好看，加上一说话就温柔无比，眼神迷离，深得一些男老师的喜欢。此时她又打起了小算盘，如果不能留校工作找个有钱的男朋友也是一件十分不错的事情，尤其是长得这么男人味十足的帅气老板。

8

除了我其他女孩也跟着起哄，这样的气氛女孩们都很容易兴奋，我一个人静静地坐在那儿听他们大刀阔斧地闲侃，看他们互相之间眉宇调情，我一个人端坐在一边默不作声地喝着茶，说到最后大家的话题扯到了今晚的晚会。

　　"卓姐姐的舞蹈真是跳得美呀，让人看得都热血沸腾啊！"说这话的就是刚才给我送花的那位小伙子。

　　"谢谢你送的花，看样子你应该比我大吧，叫我姐姐估摸着不合适。"我朝他微微一笑。

　　"这是我们大哥送你的，我只是跑腿的而已。"他竟然露出一丝不好意思的笑容！

　　那个被他们称为大哥的人一直毫无忌惮地似笑非笑地盯着我看了许久，我尽量回避他的眼神，可是还是不免觉得尴尬，我的尴尬似乎让他更有兴趣，索性我也懒得理他，自顾自地发着呆想着自己的小心思。

　　开始上菜，男士们提议喝点酒，女孩们也不退让，个个有巾帼不让须眉的架势。几杯酒下去气氛更为活跃，男人们的幽默逗得女孩们不时哈哈大笑。我却觉得无聊至极，盼望早点结束回宿舍。

　　"卓小姐你要敬我们大哥一杯。"一个叫顺子的小伙站起来对着我说。大家跟着一起起哄。

"我想给人敬酒完全是自己内心情绪的表达，我实在是找不到给你们大哥敬酒的理由，如果是因为刚才那束花而一定要表达谢意，那我就喝了。"说完我拿起酒杯一口气喝了下去。

全场顿时安静了。

他还是那副似笑非笑的模样说道："卓小姐这第一杯敬你学业有成，这第二杯为我这不会说话的小兄弟给你道歉。"说完他喝了满满两杯。

全场一片哗然，大家都跟着起哄！

这顿饭吃了近三个小时，结束时行越安排人送女孩们回学校，不知怎么的就只剩下我一个人。

"我送她回去，你回酒店处理一下工作的事情。"黄觉对行越说。行越点点头转身离去。

"不用麻烦了，我自己能回学校。"我抬手准备叫出租车。

"不麻烦，很高兴送你回学校，这么晚了要是遇上坏人怎么办呢！"黄觉打开车门笑笑做了个请的姿势。

回家的路上车上一直放着欧美经典怀旧老歌，这些歌我十分喜欢，心想看来他还是有点品位嘛。

"做我女朋友如何？"他突然没头没脑地说了这么一句话，嘴角微微上扬，一副不知让人如何分辨真假的模样。

他这副自以为是的模样让我十分生气，以为自己长得不错有点钱就不把女孩放在眼里，根本不懂爱情为何物就大言不惭地让人做他女朋友，这样的男人就得见一个抽一个。

"看来黄总确实是个非常随便的人啊！我们第一次见面，都谈不上最基本的了解如何就能知道对方适合自己呢？"

"看来学医的女孩就是不一样啊，过于冷静客观，你从不相信一见钟情这事吗？女孩太冷静严肃就不可爱了！"他坏坏地看我一眼。

"我当然相信一见钟情，但是不可能是和你这种人！"他的一番言论让我有点生气，我白他一眼，扭头看着窗外夜景。

"那你觉得我是哪种人呢？"他竟然也不气不恼，反而饶有兴致地等着我的回答。

"看你说话那吊儿郎当的样子，还有那些称你为大哥的兄弟，看起来好像混黑社会的，不是什么好人！"

"好吧！既然已经被你识破，我看也没有什么装的必要性了。"他竟然收起笑容一脸严肃认真的样子。

看他突然翻脸的模样，我很快就联想到了香港影片那些暴力血腥的场面，心中一抽，顿时紧张起来！

果然他迅速调转车头，驶向另外一个方向。

"你要做什么，停车！你这个骗子流氓！"我吓得顾不得平日的矜持文雅，大声喊起来。

"反正已经被你识破，那就得干点流氓该干的事啊！"他厚颜无耻，满脸得意。

等我回过神时我们已经来到了一处僻静的郊外，果然不出所料，这儿偏远幽静比较好下手。

"我和你无冤无仇，为什么要害我？你这样做被警察抓住是要坐牢的。"

"没听过牡丹花下死做鬼也风流？"他满脸得意的坏笑。

看来今天是厄运难逃，我盘算等会如何跳下车逃跑的计划。

经过一片茂密的树林，车竟然进入一处度假村。

"下车吧！亲爱的卓小姐。"

我四处看看，不禁为这美丽的地方所吸引！路旁的小花奋勇地怒放，青青小草静静站立，四处的栅栏利用原木整齐地排列着，在柔和的灯光下给人一种十分温暖幸福的感觉。

"大哥，你来了？"

还没等自己从这幸福的遐想中回过神就看见四五个高大的男人突然就站到了我们面前。他们统一的深色西服白衬衣，有点像警匪片里面的保镖行头。

"这位是欣然小姐，很想看看流氓是如何做事的，所以我就带她过来了！"

四五个男人面面相觑，会意一笑，知趣地离开。

十月份的武汉还是有些凉意，尤其在这种人烟稀少的郊外就更加突显。

外面还停了不少车，偶尔还能见到几个类似恋人模样的情侣从外面开车过来，十分快活的样子，心中不由稍稍平静。看起来不太像土匪窝。

黄觉走过来十分自然地拉起我的手走向一间独立的别墅，他这样的举动，吓得我像触电般把手缩了回去！

"你想做什么？"我压低声音说道。

"不想做什么啊！天这么晚了，要回房子睡觉啊！怎么，你还想与我花前月下谈情说爱啊！"

"睡什么觉，我要回学校。"

"行，你要回就回吧！不过我是不能送你了，一来太晚了，二来路上安全不确定啊，前面在修路，人员太杂了，不知道里面会不会有坏人！"

天啊！流氓也怕坏人！我真是哭笑不得，可这么晚连路都不认识，如何回呢！我左顾右盼，希望能看到一辆回城的出租车。

"你再不走，我不等你了，等会有客人喝酒回来，见一个漂亮女孩站在这，不知会不会想你是做那个的？"

"做什么？"我一脸迷惑。

黄觉先是一愣，接着哈哈大笑起来，我发现他笑起来的时候很迷人！

"做什么？做小姐啊！生意不错的呢，一晚上一千，你要不要……"

"你这个坏流氓，等我明天回去，我非要去警察局告你不可。"

"好！我等着你告我，不过你告我什么呢？告我请你吃饭？告我喜欢你？告我带你来度假酒店？还是要告我想牵你手回房休息？"他一脸的坏笑。

我气得满脸通红，不知该说什么，低着头像个小媳妇似的跟在他身后。

这是一间独立的小别墅，装修华丽但不失品位，房子所有灯光均为暖色调，这样的色调给人温暖安全的感觉，在这样的色调中人会显得更好看。房子的一楼设有客厅厨房餐厅洗手间，各房间的摆设非常紧凑。顺着楼梯来到二楼，是两间宽敞的卧室，卧室与阳台连接，打开玻璃门，拉开清新淡雅的窗帘一眼望去是满天的繁星，美得让人不忍睡去。

"我先去洗个澡了，你自己随便啊，你睡房的转角处有个小书房。"没等我反应过来，他已进入卫生间。

利用这个时间我要好好理顺一下事情的由来，感觉自己好像做梦般，现在自己最关心的是，他到底要做什么？就目前的状态来看，他好像也不是那种恶贯满盈之徒，坏坏的笑容后面竟然有种难以言表的深情。难道说他真的喜欢自己？可是如果是真的喜欢自己那为什么又有如此轻率的表现，不，像他这样的男人估计换女朋友肯定比换衣服还勤，他根本就是拿自己当他生活的调味品，那俊朗帅气的外表后面一定是腐烂不堪的好色之徒。

"想什么呢？这么出神！"不知何时他已经出来了，只穿了条大大的沙滩裤，浑厚的肌肉线条顿时跃入眼中，不知怎么我的脸就红了。

"快去洗个澡睡吧，这没有女孩的衣服可穿，我在衣柜找了件我的T恤，你就拿它当睡衣凑合吧！"

想了想，还是接了过来，总不能不穿衣服睡吧，如果穿自己的裙子睡，第二天一定会变成咸菜叶，一个晚上没回学校，第二天还穿成那样被压得皱巴巴的衣服回去不知会被别人联想到什么呢。

洗完澡，我悄悄溜回睡房，四处看看。啊！太好了，那个流氓回他自己房间了。此时已不像刚来时那么担心害怕了，因为知道他最多不过是行为轻率些，并没想真正伤害自己。我舒坦地站起来做了个旋转的姿势，放松一直紧绷的情绪。还没停住脚步就发现有人站在门口看着自己，我满脸通红，有点不好意思。

"你跳舞时的样子很美！很容易让男人心动！"这是到现在为止他说过最认真的一句话。

听到他如此认真地夸自己，我不知道该不该说谢谢，只是低头笑了笑。但接下来一句就让我生气无比了。

"不过以后没我同意你不能随便给人跳。"他倚在门边好像一个丈夫对妻子的命令。

"为什么，你又不是我什么人，我想跳给谁看就跳给谁看，你管得着吗？"竟然这么霸道和我说话。

他径直走过来，直逼着走到我面前，我不由往后退了一步，可后面是墙，无路可退！

没有任何预兆没有任何防备，黄觉的一只手托住了我的腰，另一只手按住了我随时会反抗的双手。就这样吻了下来，他的吻很霸道很炙热也很有技巧。我只觉得自己全身瘫软一点反抗的力量都没有，唯一有印象的就是他吻自己时有很好闻的气味从他气流中呼出来，清清淡淡的柠檬味，除此以外，大脑一片空白，还没搞清状况就这样被他肆无忌惮地强吻着，不能呼吸。

当他放开我时，自己已是满脸红晕，而他却饶有兴致地说："第一次接吻？"这句话让我很是生气，莫名其妙的初吻没有就算了，还落得个被人嘲笑的结果，这和自己平时遐想的浪漫的初吻相差太大了。

我也很生气自己为什么在他面前总是败下阵来，自己不总被人称为伶牙俐齿吗？不总是参加辩论赛拿奖吗？却为何在他面前总是败下阵来呢？对！没错，我们根本不是一路人，他没有正常的逻辑思维，他就是个彻头彻尾的流氓。

"出去，我恨死你了，一分钟也不想见你，永远也不要见到你！"可他却并不生气依然厚颜无耻地坏坏说道："我喜欢你没被人吻过的感觉，放心！我会慢慢教你的！"

我拿起床上的枕头扔向他，他接住枕头说了声："好梦。"

睡在床上的我累极了，还来不及理顺这件事情应如何解决时就早已酣然入睡。

睁开眼竟然又是他，他换了身淡蓝色的 T 恤，一条白色的裤子，阳光刚好透过窗帘隐约地射在他脸上，那立体的轮廓被勾勒得十分完美，给人一种帅气硬朗的感觉。

他十分温柔地说："睡醒了？昨晚睡得还好吧？快起来吃早餐吧！你那件裙子有点脏了，我安排人给你洗去了，你今天就先穿这套吧！"他递给我一个纸袋，我打开看是一套衣服，衣服太小正好合适，看样子是刚买来的，一条浅蓝色的牛仔裤一件白色的 CK T 恤，我把头发高高扎成一束马尾，下楼来到餐厅时他正在那热牛奶。

"先喝杯柠檬水，开胃又排毒。"提到柠檬突然想到昨晚的吻，我不由得脸一下就红了！幸好，他并未发现我的异常。

早餐有我爱吃的面包和黄油还有水果沙拉，我把面包涂满厚厚一层黄油，大口地吃起来。他帮我热好牛奶后，就坐到对面静静地看着我。

"不怕长胖啊！吃这么多黄油？"

"没胖过所以也不知道什么叫怕啊！"我一屁股坐下来。

"天生的美人坯子，让人嫉妒啊！"

"吃完早餐可以送我回学校了吧！我还有很多功课没做呢！"想到作业我有些着急，要知道，我可是学校每年的三好生呢。

"那我们回学校拿作业后再回来，你看这风景秀丽气候宜人正好适合学习谈恋爱。"他还是那样没有正形。

"我们不是一路人，谈不来的，您还是高抬贵手放了我吧！漂亮女孩多的是，你长得又这么帅，放路上被人抢疯了。"经过一晚的熟睡此刻我的状态已非常好，相信他不是那种无赖之徒，说话也轻松起来。

"看来你当我是萝卜在沿街叫卖呢？"

"嗯，还是那种花心的大萝卜！"

说完俩人不由自主地笑了起来，这顿早餐我们吃得十分愉快，以至于把昨晚那些不正面的印象差点都忘了。聊天中我才知道他竟然是毕业于一所有名的军校，从小对军人就有一种莫名崇拜的我对他突然平添许多好感。

吃完早餐他提议出去走走，想想现在还早，在这郊外看看满山怒放的小花也是对视觉的一种犒劳，每天在学校不是文字就是图片要么就是模型，难怪说搞研究的女孩都缺少点美感。

走出度假村的大门，路的两边都是成荫的大树，早秋的到来让这些郁郁葱葱的树叶浸染了些成熟沧桑之美。我尽情地欣赏这郊外美丽的风景以至于差点忘了身边的他。不知何时他已是悄然牵起我的手，我轻轻收了回来，他望着我非常温柔地笑了笑。

前面果然是一条正在维修的道路，工人们热火朝天地干得正起劲，看来他昨天还真是没骗我啊！可接下来就让我吃惊了，马路上工人都热情地喊着："黄总！早上好！"想起昨晚他说的话，我努努嘴说："原来都认识，昨晚还吓唬我。"

"如果不这样说，怎么留住你呀！看在我一片真心的分上，不许生气呀！"说完，他跳下马路摘了一束野花送给我。

"果然是做商业的，资源可是利用得好啊！虽说没有玫瑰的炫丽、百合的清雅、牡丹的高贵，但总算有自己独特的自然纯真之美，这花我就勉强地收下吧。"我眨眨眼睛调皮地接过花。

"真喜欢你调皮的样！如果可以现在我真的很想亲亲你！"

我赶紧拿着花挡住他："不可以！"

马路的一侧，有条小径，两边的花开得十分茂盛，前方大约五百米远有座小山，漫山遍野的花草十分浪漫。好久没见过这样美的景色，我快乐地跳起来，大步地奔向那儿！

爬山时由于心太急，脚一下没踩稳，突然整个人就要摔下去，正当我要滚落山下时，他突然拽住了我的手。被他拉上来时，我吓得有些惊慌失措，他紧紧地抱着我说："没事的，没事的！"那一刻，我突然觉得自己似乎与他相识甚久，如果他不是真的担心害怕我会摔下去，这种绝地重生的紧张神情是装不出的，发自内心的温暖慢慢从心底弥散。

有股黏黏的东西贴在我胳膊上，回头一看，却是见他的胳膊被蹭破皮，丝丝血丝不停往外渗。出门时什么也没带，想给他压迫止血的手巾都没有。他看出我紧张担心的样子，竟然还坏坏地笑着说："这下好了，要是留下疤痕没人肯嫁给我，你可是不能跑了不管我！"都这个时候了，还有心情开玩笑，我无奈地看了他一眼，心中竟有些许的心疼。

我兜起自己的 T 恤，按压住他不断往外冒的血丝，这一举动十分出乎他的意料，他什么也没说，任由我的处理。

"还疼吗？"我抬头望望他。

"不疼，很幸福！"还是那副没德行的样子。

"我们回去吧！伤口需要消毒，不然要感染了。"

"没事，小问题，我们那会在野外训练作战时像这种小伤口已经习以为常了。"

"不行，必须回家处理。"

"是，长官！"他站起身朝我敬了个军礼。

我扑哧一下笑开了！低头一看，发现自己的衣服已经被血浸染得体无完肤。天啊！CK 的 T 恤，好几百块钱呢，才穿了一个上午不到就被弄成这样！

一路上引来路人频频回头，他死皮赖脸地牵着我的手不肯放，说是血流多了，头晕。明知道他在说谎，我还是顺应了他，谁让自己闯的祸呢。

回到度假村，昨晚的那几个男人见到我们如此狼狈地回来，赶紧迎上前十分紧张地说："老板，出什么事了？你受伤了？"

他摇摇头："没事，弟兄们，放心吧，只是英雄救美受了点皮肉伤而已！"回头，还朝我眨眨眼，我转过头故作没听见。

回到房间我们各自洗完澡，我赶紧给他做了伤口消毒。

他躺在沙发上悠闲自得："你说娶个做医生的老婆也是件不错的事。你看，连去医院的费用都给省了。"

这人真是有意思，竟然一点都不知道疼，还饶有味道地在这胡说八道。

在餐厅吃午饭的时候，他的手机响了，他看了我一眼然后走出餐厅接听电话。

回来时他说："本想晚上陪你去看场电影的，但临时有点事情需要处理，吃完饭我先送你回学校，忙完这阵就去找你。"

"那你还是一直忙下去吧！我可不想和你再有什么交集。"我斜着眼睛瞧瞧他。

他也不计较还是那副坏坏的笑！

在校门口准备下车时他突然抓住我的手说道："不许和其他男人约会，记得想我！"

我抽回手，飞也似的逃走了。

他一直目送我离开他的视线。

宿舍只有李小英一个人，她正在认真地看《微生物与寄生虫学》。我们这间宿舍一共住着六个人，一年多的学习生活让我们大家相处得很像姐妹。小英家住湖北一个名叫公安县的小城市，今年七八月湖北雨水尤其多，很多地方都被淹了，小英她们家那片区域尤其厉害，虽然她家经济条件不是很好，但小英的学习成绩绝对是班上数一数二的，她从不因家里条件不好而性格怪异，相反她总是积极乐观向上，她这种对待生活的执着态度很是感染我。平日我也总是在生活中照顾她，有什么好吃的都要给她留一份。见我回来小英十分高兴，丢下书本给我一个热情十足的拥抱。

"其他人呢？"我问道。

"恋爱的恋爱去了，回家的回家了，就我一人了。"小英做了个无奈的动作。

电话铃响了，我顺手接起，是妈妈打来的："野丫头，你又哪疯去了？也不给妈打个电话。"我一边做痛心疾首状自我检讨一边保证下不为例。

从我记事起爸妈就是在那种硝烟弥漫的争吵声度过的，小时候我一度恐慌他们俩会不会因此就要同归于尽了，稍大后又很迷茫他们既然不爱却为何又要结婚生活在一起。但无论如何他们却是真的都很爱我，而我自己也已疲于应付这样不消停的生活状态，高考那年我填写了远离杭州的武汉，而在我拿到录取通知书那会他们也各自拿到了离婚证，最后一顿晚餐竟然是我们最温馨浪漫的一次家庭会餐。

如今他们各自又组建新的家庭，继母性格温柔，似那杭州西湖的水畔，给人一种静谧温暖的感觉，不似母亲那样争强好胜。继父总是一副笑佛的模样，无论你说错什么做错什么，他总是乐呵呵，不急不恼，也不似父亲那般波涛汹涌，怒海拍岸。看他们现在都能找对自己的另一半并且幸福生活着我也感到十分高兴。

晚上我请小英出去吃了顿麻辣烫，十月的江城如此的繁华，月亮迷离的光线穿过幽暗的树林，将静谧的光辉倾泻在这江水缭绕的美丽城市。我喜欢这迷人祥和的氛围，让我觉得生活的简单与快乐。

假期的最后两天，同学们陆续回来了，大家提议到东湖公园玩玩，一路上大家兴高采烈你推我攘，青春就是这样好，没有太多欲望没有过多附加值，内心的快乐总是似这不断往外冒的泉水般溢出。

天气极好，秋高气爽，温度适宜。大家围坐在一处有树荫的草地上，拿出从超市买的饮料零食谈得欢呼雀跃，笑声阵阵。有位同学竟然有模有样地模仿起我们平日就不待见的解剖老师痛心疾首批评我们不好好学习的模样，惹得其他同学笑破肚皮。这时我们的班长走过来对我说有件事想找我谈谈，我俩沿着林荫小路漫步聊起来，班长的学习很优秀，又有很强的组织能力，所以学校的学生会主席非他莫属了，因都是学生会的成员，平日我们总是有许多关于校园内活动策划的事情讨论。

可是今天他却有些反常，先是沉默，而后吞吞吐吐前言不搭后语，弄得我心中顿时也紧张起来，不会有什么重要事情吧！最后班长的一席话让我惊愕不已，原来班长一直暗恋我，今天鼓起十二分的勇气给我表白。在我还没来得及从这紧张的情绪中脱离出来，又发生一幕更加惊心动魄的事情，我看见黄觉坏坏地笑着朝我俩走过来。不知为何我紧张得要命，真好像自己做了什么见不得人对不起他的事情来，我满脸通红，手足无措，表情尴尬。

"宝贝，这么巧，在这遇到你，和同学出来逛公园啊？"他一副和我亲得不得了的模样。

"啊！是呀！我们班同学今天出来玩。"我局促不安地应他。

连自己都不明白为何要如此紧张和没有底气，就算是和同学恋爱又能如何？我又没答应一定要做他女朋友。

"不介绍认识一下？"他竟然走过来，一把搂住了我的肩，班长意味深长地看我一眼，惊讶、失望、嫉妒，甚至有些愤怒。顿时我连挣扎的力气都没有，天啊！我可是同学们心中美好纯洁的楷模。所有人都知道我没有男朋友，本来在大学谈恋爱也不是什么大不了的事情，但之前我都是阳光诚实地回答我绝对没有男朋友，而且一切的行动也表示事实如此，可现在却出现这样的事情。大家会不会感觉我之前都是装的，我真是欲哭无泪。

"你男朋友？"班长终于说话了。

"不，不是的，他……"我紧张得不知该如何解释。我明白自己为何会如此在乎班长的感受，因为在这一年多的学习生活中班长给予我太多关心与照顾。我以为这是正常的纯洁的友情，看来男人所有行动之前都是有目的的。

"没事的，宝贝，同学面前有什么不好意思的。"他笑笑将我搂得更紧。

"你俩倒还挺有闲情雅致来这独处啊？"他摸摸我的头发接着说。

我一急，脱口而出："哪有？我们有点工作要谈，其他同学就在那儿。"

"啊！是这样，没事没事，我就开个玩笑，走，过去打个招呼。"他没等我回答之前就将我带到了其他同学的面前，而此时班长的脸却黑黑的，我都不敢正面多看他一眼。

他走过来十分自然地和大家打招呼，所有人跟着起哄，大家都攻击我太不诚实，明明有个这么帅气的男朋友还掩饰得跟没人似的，我欲哭无泪，不知从何说起。除了班长，大家都提议请吃饭，黄觉更是一口承诺，大家拍手称快，我却是怒火难耐。

一上车，我憋得半天的泪水就流出来了，气得捏着拳头使劲地砸向他，他也不躲，一个劲地由我撒野。打得我手都疼了，我停下手问他到底想如何？

"你瞒着我偷偷和男生独处，我都还没问你想如何，你倒兴师问罪起我来，你还讲不讲理啊！"

"什么叫独处，我们明明是三十多个人一起去的！"

"那你们为何没和其他同学在一起聊天，两个人还悄悄藏起来，保不准人家今天是想对你表白来的！"他一脸的坏笑。

"你怎么知道？"我没加思索脱口而出。

"看他那紧张没出息的表情就知道。"

"不许在背后说人家坏话，都跟你似的像流氓就好啊！"

原来男人也是善妒的，我一直以为那是女人的专利。

"好了不谈这些不高兴的事了，这几天你都忙什么呢？有没想我？"他一副恬不知耻的模样。

"学习啊！"我懒得看他。

"早忘你是谁了。"我一副漫不经心的样子。

"我可是每天都想你啊，但最近工作实在是太忙了，我们刚拿下一大片土地，我要建一座本市最高档漂亮的花园小区。"

我回头打量了他一下，没想到还是个有事业心的男人，还以为他就知道吃喝玩乐呢！

"等把这座小区建好之后，我就再把目前这个恒风酒店和度假村整合，重新建设一家超五星级的酒店。"他一副踌躇满志的模样。

"你和我说这么多干吗，我又不是你什么人。"

"你是我未来的夫人啊，当然必须要知道家庭的事业动态啊！"

"真是脸皮厚，谁说要做你女朋友啦！还夫人呢？我没那么好命，高攀不起啊！"

说话间我们已到了恒风酒店门前，想到同学们都知道我有男朋友了，心中就有些来气。我不反对大学谈恋爱，只是觉得和他在一起感觉一切都不真实，自己却还要在这种不真实的环境中成了他的女朋友，而且全天下人都知道我们在恋爱了，他是我男朋友了！真是冤死也没人相信啊！想到这，我就没好脾气了。

"我要和你认真聊聊！"我克制自己激动的情绪尽量平和地说。

"当然！来我办公室吧！"

他的办公室装修得很漂亮，布局摆设都很时尚，一些精美的工艺品被恰到好处地摆在空格的家具上，书架上整齐地摆放着一些古今中外名著，不知道这些书是用来摆设还是用来阅读的。像他这样的人难道也会读《诗经》，我有些怀疑。

见我的目光落在《诗经》上，他十分悠然自得地笑笑说道："诗经，分为风、雅、颂三部分。风，乃土风、风谣，也就是各地方的民歌民谣。雅，是正统的宫廷乐歌。颂，祭祀乐歌。"

"看来我们黄总不但生意做得好，而且还是位饱读诗书的文化人呀！"

"你还是叫我亲爱的会更舒服点。"他倒了杯橙汁给我。

我瞪了他一眼，没理会他的不正经。

"我们以后能不要再见面了吗？我知道你可能是有些喜欢我，但是我觉得我们之间不太可能，和你在一起我总是陷入一种莫名其妙的紧张状态，我想这一定不是爱情。"

"可我就喜欢你，和你在一起我感到安全快乐，这么些年，我喜欢的也好喜欢我的也罢，没有一个能让我感到由内而发的快乐和安全。所以，你是逃不了了，因为我发现我越来越爱你，很认真的那种，所以请你给我一些时间和耐心，你会爱上我的。"

自己不是对他一点感觉也没有，只是觉得他这么年轻有为怎么会喜欢我，我也不是对自己没信心，就是觉得自己还是个学生，那些文艺院校的漂亮女孩他都没看上他能喜欢我吗?

见我低头没说话，他搂着我说："你喜欢我以什么样的方式爱你呢? 让你觉得真实的快乐的、幸福的，只要你提出来的，我都会答应，并且保证做到。"

这一刻，我能感觉他的重视与认真，突然我想到了他的伤口。"你的胳膊好了吗? "我抬头望着他。

"只要你答应做我女朋友并且爱我，就是受这样的伤一百次我也愿意啊! "

我白了他一眼："又开始没正经的，我看看。"说完我拉开他的袖口，伤口已经结痂，看样子没有感染，很快就好了。

"吃完饭我们去看场电影吧! "

不知为何，我竟然没有拒绝。

我不知道这种没有结果的谈话是不是我应许的答案，男人迷恋女人的漂亮、性感，与女人迷恋男人的帅气、硬朗一样强烈。

晚上他送我回学校，下车之前他递给我一个纸袋。到宿舍打开一看，才发现是一条 CK 的牛仔裤和一件粉色的上衣，一看标签价格不菲，光是这条裤子就是一千多。衣服底下还有张纸条。

上面写着：

"亲爱的宝贝，请允许这样称呼你！你那件血染风采白色的上衣没能洗干净，我已存入箱底，这套衣服你穿起来一定漂亮，记得每天想我！爱你！"

悄然一笑，为何我会感到那么开心呢？

到开课时几乎所有的人都知道我恋爱了，要好的几个女朋友为了验证传闻的真实性一一跑来问我，我口干舌燥地给她们解释半天也没让她们弄清楚是什么状况，到最后每个同学都要假借关心之名前来打探，我有些恼火，就算是恋爱又如何了，你们都可以发展到同居的程度，我有个男朋友你们就大惊小怪成这样。

回到宿舍小英已帮我打好热水，我满腹委屈地坐在床上不想说话。宿友张娟走来递给我一个苹果："行了，别气愤了，你也要体谅体谅大家的心情嘛！你看，你是我们学校有名的大美女，又是文艺部长，说白了不就是我们学校的明星人物吗？别人也没什么恶意，就是想像你这样一个大美女的男朋友会是什么样而已啦。总之我都想见见呢！"她一副陶醉样。

俩人聊得正起劲，电话铃响了，是远在上海的陈蓉打来的，我们俩从上初中关系就好得跟一个人似的，高中毕业，她选择离家近的上海读医科大学，而我却选择离家远的武汉读医科大学。但这并不妨碍我们俩的友情，我们几乎是隔三岔五地打电话，每个星期六彼此会收到对方的来信，信中她会描绘她恋爱了，她觉得每一寸天都是蓝的，路边的野花都是美的，初吻是那么的甜蜜，觉得自己幸福得像公主。

"然，你国庆节都干吗去了，几次都找不到你人，害我担心几天，告诉你一件事，我爸有可能会调来武汉一家医院做副院长，到时我的研究生就可以和你一起在武汉上了，我们又可以在一起了，真是太想你了。觉得和你在一起做什么都有意思，我和别的女同学总是建立不起这样的感情。"

蓉是一个长得十分出众的女孩，文静中不失对生活的热情，为人大方，不计较个人得失，上高中那会就有很多男孩喜欢她。

"真的呀！那真是太好了！"我欢悦地叫起来，顺带把国庆期间和他之间的故事说给了陈蓉听。蓉听完后十分感慨："这么些年，从上高中那会就有那些男孩喜欢你，也不见得你对谁有过好感，心中经常暗想什么样的男人才会俘获你的芳心呢？看来也只有这样性格独特的男人才能收服你了！好玩，真是太有趣了。"蓉一副无限感慨的模样。

俩人聊得正是高兴时刻，邻舍一女同学跑过来叫我说外面有人叫我，临走还压低声音神秘兮兮说："十足的帅哥哦！"我极不情愿地放下电话走出门外。

十一月的武汉天气依然很好，太阳慢慢褪去它炙热耀眼的光芒变成一轮暖暖的晚霞，晕红的阳光落在微微熏黄的树叶上，一丝微风吹过，整个城市陷入一种幸福的光芒。他就这样斜靠在一部丰田越野车旁，俊朗帅气的外表不由让过路的女生频频回头。我站在距离他二十米的地方欣赏着这如画般的风景，谁说只有女人出现的地方才能叫风景，男人也可以成为美丽的风景线啊！

他走过来牵着我的手说："傻丫头，又怎么了？找你半天，宿舍电话一直占线，吃饭没？"这时才想起由于光忙着和同学解释男朋友一事竟忘了吃饭。"当然还没有，都是因为你，我都快烦死了！"我一股脑把今天发生的事情全讲给了他听，他却是听得哈哈大笑。我气得上前捶了他两下。还笑呢！真是一点同情心都没有。

"好了，傻丫头，我带你去吃好吃的，补充一下因为我的出现带给你的体能耗损。"他一边忍着笑一边为我拉开车门。

"你换了部新车？"

"没有，之前就有啊！"

"上次开的不是这部车啊？"

"哦，等会回办公室让人写一份我的物品清单请黄夫人过目。"

"讨厌。"我抬起头瞟了他一眼，他突然贴近我快速地亲了我一下。

等我反应过来他正偷着乐呢。我们一路打闹着来到了恒风酒店。

"哥！欣然小姐！"行越在酒店门口迎我们。

我不好意思对他笑笑："你好，以后叫我欣然就好了！"

"我看应该叫嫂子。"他一副认真八百的样。

我回头瞪了他一眼。

我饿得不行，叫了份水煮鱼、杭椒炒牛柳、酸辣土豆丝，味道真是美死了，我连续吃了好几碗米饭，学校的饭菜真是难吃啊！

"没见过你这么能吃的女孩，狼吞虎咽的，一点都不斯文，你要喜欢吃就每天来吧，我去接你。"

"我这叫真实，才不要伪装什么假斯文呢，再说我可负担不起这么昂贵的餐费。学校的饭菜虽说难吃点但毕竟还是能填饱肚子的。"

"谁说让你付钱了！只要你想要的我都会满足你，从现在开始不许和我见外，我的就是你的，明白吗？傻丫头？"

"谢谢，我可不想背负良心的谴责，如果哪天我觉得我们不合适分开了，我岂不是成了贪图别人便宜的女人啦。"

"我愿意，当然我也绝不会让你离开我。"他一副志在必得的样子。

"那我要是爱上别人了呢？"

"只要我还活着就不会让你有机会爱上其他男人。"

　　说完他拿出一个袋子递给我，示意我打开看看。啊！是一款最新红色翻盖的三星手机，逛街时和同学看到过这款手机，要三四千呢！在 2003 年一部三四千的手机对于一个大学生来讲还是非常奢侈的。

　　"这么贵重的礼物我不能接受，你还是送给其他人吧！"我认真的模样让他觉得特别好笑。

　　"这款手机是我用今天一下午的时间让行越陪我选的，不在价值的多少而在于我的用心挑选。"

　　"你能不能让我们平等一些，你总是给我送这送那，我很有心理压力。"

　　"傻丫头，又来了。以后不许这样，我送你东西很正常，这也是爱的一种表达方式，难不成你喜欢那种小气一毛不拔的男人？"

　　"当然不是，可是我觉得我们还没有到达那种程度啊！何况我现在又没工作又不能给你送礼物。这会让我很不舒服！"我嘟着嘴嘀咕。

　　"到哪种程度才可以接受啊？"他故扮思索样。

　　"啊……我明白了，你是在责怪我没有主动和你那个……好吧！这个事是我的错那我们现在开始也不晚啊！"说完他突然抱住我。

我吓得赶紧向后躲，连连说："不许耍流氓，我不是那个意思。"

我被他搂着腰动弹不得！吻就如瀑布般激烈，在这种激烈眩晕的秘境中被他引领，内心的感情强烈地撞击，激动与紧张并存，快乐与幸福交织。难道我真的爱上他了？或者自第一眼看他时我就没有真正讨厌过他？

一定要相信礼物的力量，它通常会让一个女人判断这个男人到底有多爱自己。一个连钱都舍不得为对方花的男人要不吝啬要不根本不爱你，无论他属于哪种类型女孩都要离得远远的。

突然，传来一声："哥，土地局的张局在旁边的包厢吃饭，你……"我赶紧用力推开他，以至于他一下没站稳差点摔倒。行越也十分尴尬地站在那不知如何是好。

"你进来不要敲门的啊？真是越来越没规矩，害得我差点摔倒。"

"宝贝稍等片刻，立即就回，你先研究研究你的新手机，等我一小会！"他走到我身旁低声温柔地说。

过了大约半小时行越过来了："欣然，大哥这一时半会完不了，他让我先送你回学校，哥说让你别忘带上手机，他晚会会给你电话。"

车上放着好听的音乐，一时我和行越都很沉默。过了会，行越说："刚才很抱歉，我见门虚掩着以为你们在吃饭，所以一时忘了敲门。"我羞得一下脸红，不知如何回答他。

见我没说话行越接着说："今天下午我陪哥去给你挑手机感触挺深的，认识他这么多年还是头一次看他如此细心地给一个女孩买礼物。别看哥外表一副玩世不恭的样子，其实内心是特重情谊的一人。所以兄弟们都愿意跟着他干。"

"他这么年轻有为，不会是第一次谈恋爱吧？我想喜欢他的女人应该是很多的。"我试探着问行越，想多点了解他。

"是，但是却是第一次如此用心，看得出，他很重视你。"

听完行越的话内心的虚荣感还是蛮受用的，每个女人都喜欢做男人最后的终结者，也许只有这样才能证明自己的完美，爱情的轰烈。

打开话题之后一路上我们聊得甚欢，看我安全进入校门行越才转身离开，他这一细小的动作让我感觉他是个很有责任感和细心的男人。刚回到宿舍洗漱完毕，就接到黄觉给我的短信："宝贝：睡了吗？好想你！喝多了，想你陪我！"

嘀，信息提示音又响起："我是真的爱上你了，从见你第一眼。"

一连几天没有任何他的消息，也没有收到他给我的短信，心中很是焦虑，鼓足勇气发给他短信："你还好吗？"可是等了一天却没有任何回复。在没有他消息的这几天我满腹心事，神情恍惚，做什么也是心不在焉。以至于上内科学时想心事，老师提问让我回答时我都不清楚老师的提问是什么，这在以前是绝对没有的事情，内科老师只是提醒我上课要注意听讲，毕竟我是他比较宠爱得意的学生。无意中回头发现班长满眼复杂的神情看着我，自那次事件后他很少和我说话，几次想找个机会和他沟通但他却总是委婉地拒绝了。这一连串的打击让我心情沮丧到了极点。

今天是他第九天没和我联系的日子，对他的想念不仅没有随着这些日子悄悄地流逝减淡相反却更加浓郁。周末的晚上同学们都相约出去逛街或吃麻辣烫看电影去了，我没心情和她们一起出去瞎闹，一人躺在床上心不在焉地翻看杂志。突然手机响起，都没等我说话他就以命令霸道的口气说："出来吧！我在门口等你。"

我换了套衣服稍加打扮才姗姗出去，见到他的那一瞬间内心真是百感交集，突然就觉得自己好委屈，眼泪不由就流了出来。见到我这样落魄无神的样子他心疼地抱住了我，我一边哭一边说："都是因为你我被老师批评被同学们取笑，你还不回我信息？"他一边摸着我的头发一边哄着我说："是我不好，都是我的错，我这忙完工作第一件事情就是来找你！"他给我擦干眼泪，亲了亲我的额头心疼地说："还没吃饭吧？看你都瘦了，走，出去吃饭去！"

吃完饭他带我回到他的房间，为工作方便他一直住酒店，恒风酒店一、二、三层都是餐厅，往上是客房，中间有层作为公司办公楼层。我是第一次来他住的房间，他住的是一间行政套房，和所有星级酒店一样外面是一间客厅，里面是卧室和洗手间。

他让服务员给我榨了杯橙汁送过来，暖暖的橘色灯光映照在整个房间，给人十分温馨的感觉。

吃完饭，精神状态好多了，他伸出手摸摸我的脸："傻丫头，其实除了工作我也是想让你静下心来认真想想是不是真的爱我，我也想看看自己一连几天不见你会是什么感觉！"

"结果呢？"我抬头看他。

"结果是想得一塌糊涂，坐立不安，提前回来了！"

"这几天的时间里你总是想明白了吧？你现在能告诉我仅仅是喜欢我呢？还是爱上我了！"

我慢条斯理地说："这个嘛……"

"行，你不说我也知道。看你那失魂落魄的样我就能猜出来，说，是不是爱上我了？胆小鬼！"

"谁是胆小鬼了，说就说，有什么了不起啊！是爱上了又怎样？"

他看着我憋得通红的脸，坐过来看着我的眼睛说："我对你是认真的，从来没有过的认真！"

晚上我没有回宿舍，在我的要求下，我们达成一致协议，我俩的第一次一定放在结婚那天晚上，我说这话的时候他一直坏笑地看着我，弄得我感觉自己像个保守的村姑，其实班上有很多女同学都在外面租房子过着同居的生活，但我还是想把这最美丽的时刻留在最美的夜晚。

"放心吧！虽然我十分想，但我不会强迫你做任何你不情愿做的事情。"我们洗完澡躺在床上聊着曾经发生在生活中一些开心的事情，他总是逗得我笑到肚子疼。

见我笑得趴在床上起不来，他过来抱住了我，久久地看着我，"你真美，身材皮肤还这么好，老天为什么会如此眷顾你呢？""因为我会淘气啊，他不给我最好的，我就成天在他身边闹他呗！"我调皮地回应他。他开始吻我，轻轻地慢慢地暖暖地，我全身战栗瘫软，慢慢地我开始迎合他，像两条纠缠不清的树藤激烈地交织，他轻轻地退去我的睡衣，我悄悄拉上被子裹住身体，紧张地说："我们刚才不是说好了吗？"他十分温柔地笑笑抱住我说："刚才只是一种最本能的表现，你要不喜欢我们就不继续了。"我摸摸他的胡子撒娇地说："不是不喜欢，是想留给我们最美的夜。""和你在一起每个夜都是最美的，来，我抱你入睡。"他一手搂着我一手轻轻地抚摸我的头发，让我感觉此生能和他相依相伴是件特别幸福的事情，他没有像同学们说的那样，有些男人和你恋爱了，要和你做爱觉得是天经地义的事情，如果你拒绝，他会给你一个黑脸调头就走。可是他没有，甚至比刚才更温情，真不知是爱自己太深还是对这方面需求甚少，不一会我就睡着了，中途醒来两次手不小心碰到那儿，发现还是硬挺刚强之态，我知道他一定没睡着，这样憋下去那还不要人命啊！我坐起来揉着眼睛说："我还是回学校吧！"

他跟着坐起来，打开床头灯问："怎么了宝贝？睡不习惯啊？别怕！没事的。"

"我没事啊！你那个一直挺着我担心你憋得生病了！"

"哦！是这样啊！有个又美又爱的女人睡在身边又不能碰，还不让勃起，看来你是喜欢性无能的男人呀！"

我气得捶了他一下："讨厌，我不是心疼你嘛！"

"真心疼你就满足我啊！还要假装关心人家，和你在一起我需要不断挑战自己的极限，这比我当年在军校的训练还残酷。"

我俩坐起相拥而卧，我们岔开话题聊起了工作。他说这次离开我去广州的一个多星期收获很大，他有十足的信心能将这次即将开发的小区打造成高端精品，他说待这小区开发完毕，他就准备把恒风酒店和那个度假村整合，打造成超五星的酒店。我说自己毕业后想接着考本校的研究生，他听后不是十分赞同，说女孩不能上学太久，等我毕业后先和他结婚，其他事情日后慢慢再考虑。

天色渐渐亮了，我们却聊着睡着了，等醒来时才发现已到中午，吃完午饭，他陪我打了会网球，我看时间不早，想到很多功课还没复习嚷着要回学校。

日子就在这美丽浪漫的爱情滋润中悄悄溜走，我们的爱情甜蜜美好，无风无浪，他的宠爱让我觉得自己就是这个世界最幸福的公主，无论何时，无论我多么任性的要求他从不生气，总是一一答应。他的工作非常繁忙，经常累得倒头就睡，看着他疲惫的样子我总是心疼地照顾他，我以为我们会永生这样彼此互相拥有永不离弃。就如《汉乐府》中所说："上邪，我欲与君相知，长命无绝衰。山无棱，江水为竭，冬雷阵阵，夏雨雪，天地合，乃敢与君绝。"

大四的最后一学期，我们都分配到医院实习，他开发的那个小区也顺风顺水，非常成功，销售情况异常火爆。而他此时却又计划着整合酒店。他就是这样一个充满挑战永远有目标的男人，他的征服欲望随着他不断成功愈发强烈，他已经成为这个城市有名的青年才俊。

在医院不比在学校那般轻松，老师管的病人多，我要忙活着写病历，上手术台，值夜班，联系其他科室医生会诊，办出院手续。一天下来累得筋疲力尽，黄觉还算是体贴，知道医院的伙食不合我胃口，总是三番五次叫人给我打包饭菜送往医院，惹得其他女孩直喊嫉妒。算算已有十来天都没见过他了，刚好老师见我好久没休息了，给我放假一天。我高兴地直奔他的办公室。

办公室外间没人，他秘书不在。我冒失地推开他的办公室大门，只见一位体态丰腴皮肤白皙头发如海藻般披散的漂亮女人靠在他办公桌中间，而他坐在老板椅上饶有兴致地看着她，也许他们刚才谈论的话题很高兴，我进来时他们都没发现笑得极度放肆。我的突然出现，让他有些紧张。他忙站起来说："然然，今天怎么有空过来了？"而那漂亮的女人却并没有任何不好意思的样子，反而嘴角微微上翘，露出一丝不逊的笑容，看她这种架势一定是在风月场合久经沙场的老将。我自愧不是她对手，但也不能输她太多，我抑制住自己不高兴的情绪，甜甜地给他一个笑容说："今天医院给放假一天，过来看看你。怎么样有没想我？"我用余光扫了一眼她，她偏过头不看我们。

黄觉从冰箱拿出一瓶饮料递给我，忙回答说："想！当然想！想得连饭都吃不下了！"然后转过身对那女人说："杨玫，回头我们再聊！你先回！"

她点点头，离开了。

见她走远，我生气地说："看来你们的关系很不一般啊！亲热得很嘛！"

"胡说什么呢！我怎么可能喜欢这样的女人呢！只不过工作

上有需要而已。”

“是你有需要还是工作有需要啊？”

“她是一个酒店夜总会的销售经理，有些时候应酬需要嘛！你看每次要请领导吃饭几个男人坐那多没劲啊，叫上她能活跃气氛。来吧！小醋坛子，老公抱抱，想死你了！”

“你可要做到百花丛里过，片叶不沾身啊！”我敲了敲他的脑袋。

“谨遵夫人之命！还有几个月你就要毕业了，我已经和你们医院的院长说好了，让你留院。然后我们结婚。”

我点点头说：“这些事你看着办吧！反正我也拗不过你！”

第二天回到医院，又是一阵天翻地覆的忙碌，日子如白驹过隙般飞逝，转眼四年的大学生活即将结束。我听取黄觉的话没再继续读研。论文答辩的那天我也收到了医院发给我正式上班的通知。无论如何，内心还是一阵窃喜，要知道我即将上班的这家医院可是本市最有名的医院，能学有所用也是一件值得骄傲的事情。看着同学们还在为今后的工作发愁，我尤其感到自己的幸运。我怀着无法克制的激动心情要把这好消息第一时间告诉他。

酒店的办公室没人，秘书说老板刚出去了，没拿包，应该很快回吧！建议我坐坐再等等。想起有些资料放在他房间需要整理，我掉头来到他的房间。

我哼着小曲熟练地打开门，径直走到卧室。眼前陡然跃入两具赤裸的身体，如两条纠缠不清的蛇，互相撕咬着，尖叫着，撞击着，挥汗如雨，磅礴奋起。他和那个女人同时看到了我，我傻傻地看着这一幕，心碎裂到冰点，能听到它落地的声音，那一刻，也许心已经完全破裂，不然，为何我什么也想不起看不到了呢？

　　我机械地转身，不知如何迈步，我听到身后一阵大喊："然然，不要走。"

　　在大堂我遇见了行越，他热情地和我招呼，但看到我失魂落魄、跌跌撞撞的模样也吓傻了。

　　我不敢回宿舍我知道他会去找我，而此时我最不愿看到的就是他，我关了手机，找到一家酒店住了下来。我想这种痛彻心扉的伤口只能自己舔舐了。我不敢奢望它能痊愈，只求它还活着。

　　一个人静静地坐在浴缸里，喷淋的冷水伴着我的眼泪一起汹涌而至，想起曾经的山盟海誓、想起他对自己无微不至的关怀与宠爱、想起他温柔对待自己的任性、想起他不忍看到自己受到一丝毫的伤害、想起我们今年将要举行的婚礼、想起我们为了最美一夜的长期执着。为何？为何这样一个最爱我的人却伤得我体无完肤？我的愤怒、绝望、悲痛充溢整个胸腔，我真想拉开这扇窗随着风一起落回地面，也许只有这样才会停止心的疼痛。但想想疼爱自己的父母，我无力地低头，我还没尽到做人子女的义务，怎可弃他们而去。

收起眼泪，收起悲痛，我要了断偿还这带给我一生回忆的爱情，也许从此我将失去爱人的能力。但我曾经答应过他，将我最美的夜晚留给他，我不能因他的失信背叛而不守自己的承诺。

连自己最爱的人都能如此，还在乎这个传统的美丽做什么。

打开手机全是他的信息，从昨天至今我焕然一新，内心的思想矛盾冲击让我缄默稳重，突然一夜之间就经历了成熟的状态，想起一首歌，歌词中有句话是这样说的："女人就是这样成熟的，受的伤越多越美丽。"那就让自己与这美丽同行吧！

最后一条信息："然然，我知道我错了，伤害了你伤害了我们的感情，我愿意接受你任何的惩罚！"我漠然地笑笑，叫了部车前往他的酒店。在大堂我遇见了行越，这几年的相处，也让我们像家人般亲切。我站在他面前，微笑地看着他！他深沉含蓄地看了我一眼，那种眼神和以往绝对不一样："欣然，大哥在办公室待两天了，我们满世界找你，有些事情你也别太在意，男人有些时候只是逢场作戏罢了。"和我的目光相遇时他躲闪了，看来他知道了事情的经过。我微微一笑："我不在意，你看我不是回来了吗？"他怔怔地看着我，感觉好像不认识我，或许，我现在应该是泪流满面伤心痛苦样才符合他的想象。

办公室只有他一人，两天不见，他看起来憔悴颓废极了，胡子没刮，头发凌乱，眼睛里面布满了红血丝，烟灰缸一堆烟头。见我出现，他几乎是从椅子上跳起来，他上前紧紧地抱住了我。

"然然，我知道你很生气，只要你能原谅我，让我做什么都可以！我爱你，然然！真的很爱很爱！找不到你的这两天我都要疯了，你去哪了？还好吗？"

真的很爱我却和别的女人上床，看来对于这个我爱了两年多的男人我却并不是很了解，也许，是我太年轻，根本不了解男人！此刻我却平和稳稳地说："没事，一切都过去了，你看，我不是好好地回来了吗？"

"我饿了，能陪我吃顿饭吗？"我平静的模样让他很吃惊。

"好！好！当然好！我也饿了，我们一起去吃饭。"他拉起我的手前往餐厅。

用餐过程中我没有表露丝毫自己的伤心与愤怒，他再三地问我："然然，你真的能原谅我？"

我点点头。"你要觉得过意不去就请我喝杯红酒吧！"

他叫人拿来一瓶红酒，烛光，红酒，音乐。浪漫至极的晚餐。

我说我今晚不回了，他说我也没想让你回。

洗完澡我裹件浴巾出来了，他说："然然你真是太美了，我都不知道自己是如何克制这两年来不碰你的愚蠢举动。坚挺饱满的乳房，浑然上翘的臀部，如杨柳般纤细的腰段，让男人迷惑。"

"那就不要克制了吧。"我朝他笑笑。

　　他顺势将我放在了床上，吻如瀑布般倾泻。在他轻轻进入时我皱了一下眉头，他体贴地说："宝贝，我知道你是第一次，我会很温柔的。"整晚我们的身体都在亲吻、交集、抚摸、撞击，我们折腾了一整晚，太阳刚刚初探光芒时他累得睡着了，看着他酣然入睡，我起身穿好衣服。开门的瞬间我回头看了看他，眼泪夺眶而出，再见了，我曾经用整个心和身体爱着的男人！再见了我的美丽初恋！

七年后的相见

整整一个下午，黄觉都沉入回忆中，一阵电话铃响把他惊醒，是行越打来的。

"哥，果然是欣然，她回来了！她的手机号码我已弄到手，我在回酒店的路上。"

"好！我等你！动作快点！"

回来有些日子了，忙着注册新公司、招聘人员，一直没时间见见多年的闺中密友，她们今天集体给我电话，威胁说再不出来相见就要拉我入黑名单了。我举手投降，按点赴会。

开车途中感触这个城市的变化，见到久违的建筑物，听到久违的武汉话，竟倍感亲切，我仍然爱着这座城市，它带给我青春最美的回忆。经过深思熟虑我决定回来创办这家格蕾茉珠宝公司，工作很顺利，一切都按我的计划进行着。

这是一家新开的酒店，叫恒景假日酒店，我们新珠宝公司的发布会将在这里举行，助理带我来看过一次会场，感觉很不错。整个酒店豪华气派，服务也非常让人满意。

出门前特意好好地打扮了一下自己，一袭墨绿色 GUCCI 长礼裙配合发型师刚吹的大波浪女人味十足，一款 DIOR 大圆耳环又多添一丝野性不羁之美。看看手表，时间刚好！我停好车，迈着优雅的步子往酒店大堂走去，一路回头数不胜数，长相得体的女人加上得体优雅的装扮相信没有多少人会拒绝不去多看她几眼。

行越停好车，一路小跑进入酒店，黄觉已从二十八楼的办公室来到酒店二楼西餐厅，酒店大堂设计得非常气派，圆形的水晶灯光芒四射，通过环形的楼梯可以直接进入二楼的西餐厅。行越穿过楼梯来到黄觉身边坐下："哥，这是欣然的电话……"行越发现他根本没听自己在说话，他顺着黄觉的目光看下去，才发现我此刻就在酒店的大堂，我一路迈着优雅的步子接听电话，透过余光发现很多人都在注视我，我无心回应这些眼神。直接顺着这装修考究的楼梯来到二楼的西餐厅。陈蓉早已来到楼梯口迎接我，她在我离开武汉的那一年随她爸爸来到这儿，在我曾经上班的那家医院做内科医生。

多年不见，大家都成熟许多，可能因为工作的关系，每个人都变化不少，我伸开双臂给她深深的一个拥抱。安静也是我和陈蓉高中时的密友，她警官学院毕业后留任上海工作，后因男友调来武汉，她也同往前来。李萱是我大学毕业后工作上认识的好友，她是典型武汉女孩泼辣的性格，为人真诚热情，一下就能和我两个闺中密友打成一片。她租用恒景酒店的八楼开了间本市最豪华最具规模的美容院。大家一顿压低嗓门的尖叫和拥抱才纷纷入座。

"美得不成样子，又不是出席奥斯卡颁奖晚会，搞得这么美丽干吗！你看那些男人的眼睛都直了，还让不让人活了？"李萱又开始飙武汉话。

"让你失望了，我一向都是打扮仔细后才出门的！"我叫了杯咖啡调皮地冲李萱眨了眨眼睛。

"欣然，数你变化最大，当年读书时你是多么清纯靓丽，如今真是成熟知性美啊，看来时间真是可以改变一切啊！"安静大发感慨。

"行了，哪能不变呢！大家都别发感慨了，我这都要饿死了，从早上七点在病房一直到出门前还不让我消停，我是又饿又渴，快给我看看菜单，有什么吃的？"陈蓉一边大口喝着柠檬水一边招呼服务员点菜。

牛排、彩虹水果寿司、圣女果蔬菜沙拉、香烤西红柿盅、木桶酒庄的红酒配合动听的钢琴曲外加浓厚的咖啡香味让人心情十分舒坦。我们吃得高兴聊得尽兴，时不时控制不住尖叫大笑，虽然已经时时压低嗓门万分注意，但还是能惹得其他客人频频回头，其实并非是我们的声音惊扰到旁人，而是一桌全是美女的聚会真的会让人情不自禁地想多看几眼。

我端起酒杯轻轻抿了一口，放下杯子时才发现她们三人同时在行注目礼，我抬头才发现一位帅气的男人站立在我们桌旁。

一阵眩晕，竟然是他！七年不见，他越发有味道，浑身上下洋溢着一种成熟男人拥有的智慧与倜傥，迷离充满温柔的眼神可以让女人为之癫狂。

"然然，好久不见，你终于回来了！"他深情温柔的声音让我的三位女友一阵惊愕。

"怎么，你们认识？他是这家酒店的老板，武汉赫赫有名的优秀企业家，然然你怎么从没对我们提过呢！"李萱激动得近乎叫起来。

服务小姐很快端来一把椅子，恭敬地说："黄董，您坐！您看您还需要点什么？"

他坐下，要了杯美式咖啡。他的眼神一直没有离开过我。我微微一笑，点点头："您好！黄董！"

这句轻轻的一声"您好！黄董！"让他像一只受伤的动物一样哀伤地看了我一眼。

"你就是黄觉？"陈蓉和安静异口同声地说道。读书那会我经常在电话和通信中提到他。

"是的，我就是黄觉，不知三位小姐可不可以帮我一个忙？把这剩下的时间让给我，我有许多事情想和欣然沟通。"大家互相对望一眼，齐声说："没问题！"

"为表谢意这顿饭我请客。"他微笑作答，尽显绅士风度。她们三人朝我眨眨眼，继而摇摇手便离开了酒店，然后一边走一边朝我暧昧地眨眨眼。

"七年没见，你还好吗？"他直视的目光似乎想把我看透，可自己早已不是那个清纯懵懂的小姑娘了。

我含蓄地笑笑："挺好的，谢谢！"

"能不能不要这么客气地和我说话？我找了你七年，是不是可以弥补一点点当年我对你的伤害？"他一脸的沉重。

"要来杯红酒吗？"我拿起酒杯喝了一小口。

服务员很快拿来一个杯子，我俩碰了下杯，一饮而尽。

"我这次回来主要是为了事业，我发现事业比男人靠谱多了，以后还请黄董多多关照。"我商务礼节性地应承道，礼貌而有风度，含蓄内敛。

"欣然，我不知道你是想接着惩罚我，还是这七年来你真的变了？你看你，一身得体的名牌，气质优雅，谈吐大方，可是我却觉得你是那么遥远，不似当初我认识的那个性情率真可爱的女孩。"

我依然保持端庄的坐姿，欠身笑了笑："七年的时间可以改变很多事情和人，过去的就让它过去吧，把握好今天和未来才是重要的。"

我看了看手表："时间不早了，我想我该回了，非常谢谢你的晚餐。"

"欣然，我该如何做你才可以原谅我？"他一脸的痛苦。

"我都已经忘记了所有的事情，又谈何原谅呢？不要多想了，你看我们分开的这些年，大家不是过得都很好吗？"我起身准备离开。

他跟我走到酒店大门，我看到酒店的工作人员都在侧头看我。他说："然然，我能送你回家吗？"

他一路送我到停车场，我打开车门说："谢谢，再见！"

武汉的夜景很美，霓虹灯梦幻多变，闪烁耀眼，马路平坦宽广，人们悠闲地在路上享受这惬意的自由时间，车里放着我爱听的维塔斯高亢的海豚音，可此时我却没有心情欣赏这一切。

经历这七年我以为我能从内心抹杀关于他的任何记忆，我以为我能做到再见他时心如止水，表面上看我确实是这样的表现，即便是他也看不出我任何的情绪变化，但自己才明白内心的感受与痛楚，他只不过是暂时被我尘封在心底某个角落，用一块纱布包好，就在不经意之时被掀开，所有的记忆回忆如涨潮般涌出。

回到家兰姐还在等我，她跟随我三年了。她的故事也非常哀伤，相爱的人受到家族的反对，两人在私奔的途中男的不幸遇到车祸身亡，她一人伤心欲绝流浪到深圳，我遇到她时她正蹲在垃圾桶中找吃的。我带她回公司，给她找了份保洁的活干。她爱干净，为人善良，诚实，又做得一手好菜。后因家中聘请的保姆阿姨总是让自己不太满意，索性让她到家照顾我。为报我的知遇之恩，她把家收拾得一尘不染，煲各种好喝的汤给我，见我喜欢买花，还出去报名学习插花。三年下来我们相处得像一家人那般亲近。这次回来，她非跟着一块回，她说这个世界上最爱的那个人走了，她也没有什么牵挂了，我是她这世上对她最好的人，她要一直留在我身边照顾我。

洗完澡，我喷了点香奈儿的邂逅香水，这些年我习惯让各种不同香水陪我入夜，它们伴我度过一个个孤独的、寂寞的、焦虑的、失意的夜晚。

第二天还没醒来就听见门铃声，我睡眼蒙眬披散着长发打开卧室的门。

"然然，有人给你送了束花，好漂亮的玫瑰花啊！"兰姐凑到花上使劲闻了闻。

"谁送的？"我斜靠在沙发上。

"有张卡片。"兰姐递给我。

我拿起卡片，上面写着："然然：能见到你比什么都好！"署名黄觉。

我拿起电话打给市场营销部的经理："江汉，我们下星期举行的新闻发布会能不能改在香格里拉酒店？"

"卓总，可能来不及了，我们已通知所有的媒体还有领导，而且场地的押金也缴纳了，您觉得哪方面没做好，我们马上就落实。"江汉态度极其认真严肃地说。

"如果是这样就算了，下午我会到专卖店去看看，货品准备得如何？"

"放心吧！卓总，一切都很顺利。"

早餐很丰富，有牛奶、面包、双面煎蛋、火腿、蔬菜沙拉。我说："兰姐啊！你非要把我养成大胖子才肯罢休吗？"

"还大胖子呢？一米六八的个头还不到一百斤。来武汉没日没夜忙，瘦了不少。"

"公司起步阶段是这样的，上正轨就好了。"

吃完早餐来到卧室我换了套深蓝色的 DIOR 套装，头发利索地盘在后面，挑选了一套自己公司生产的格蕾茉 18K 金镶钻石的耳钉和项链，配合范思哲绿宝石的手表。整个人看起来干练大方，当然最重要的还是要选对香水，今天这款 Flower by kenzo 最适合我，非凡、纯洁、坚强、感性。

"星期天也不多睡会！做个女强人真是不容易。"兰姐嘀咕道。

我转身对她笑笑，心想暗自感叹，其实我宁可做个被人宠爱的幸福女人，也不想做个传统意义上人们看到的女强人，可有很多事情真是不由自己选择，走着走着就变成了现在这个模样。

虽然是星期天但办公室加班的人还是很多，和几个部门的经理对应完下周六举办的新闻发布会，我直接去了专卖店。店内装修时尚个性，柜台摆设合理科学，室内卫生像手术室般一尘不染。我仔细地查看货品，全是按我的要求定制和摆放。我满意地笑了笑。

店长没想到我今天会来，小心翼翼地问："卓总！您好！不知您是否满意，我们还有很多需要改进的，请您多指点。"

"很好，我很满意，不过货品的摆放稍微多了些，有点凌乱，壁柜里面只管陈列公司最具代表性的大幅饰品。"

"是的，卓总，您说的很对，我们马上重新调整，我在其他珠宝公司做过七八年，从来没有见过像我们公司设计出这么漂亮优雅的个性珠宝，自己觉得个个都漂亮，所以就想全部展示给客人看。"

"对，我们时常会犯这样的错误，总是根据个人的感受和喜好做事情，但是我们应该时刻提醒自己，顾客喜好什么？我们如何做到最精致的货品和最贴心的服务？如果我们把所有的货品都摆放上去，会分散顾客的聚焦点，不能很快选择自己所喜欢的饰品，众多的小细节往往却是决定公司发展好坏的关键点。"

各部门的经理纷纷拿出笔记本记录我刚才给大家提出的问题和短暂培训。

临走时，我对大家说："你们辛苦了！忙完都早点回家休息吧！这两天加班大家都辛苦了！"新来的员工很少听到老板说这么和悦关心的话，她们拘谨的姿势和语气一下缓解，对我报以纯美的笑容。很多时候，老板都以为员工只是在乎报酬的高低，恰不知他们更渴望得到老板的认可与尊重。

刚上车，电话铃声响起，是他打来的："欣然，今晚可以请你吃顿饭吗？"

"对不起，我今天工作一天挺累的，想回家休息。改天吧！"我委婉地拒绝。对于他，我想我还是保持距离比较好吧，我们这辈子一定是情深缘浅。已经将自己伤得体无完肤、万念俱灰一次，真不想再尝试这样一次毁灭性的打击。

"然然，你告诉我我到底要怎么做你才可以原谅我？"

"黄觉，对不起！以前的一切都结束了，我不想和你再经历一次痛苦的折磨，我喜欢现在自由独立的生活状态。"

驶入小区停车场停好车，我拿着包准备下车，一辆 7 系宝马卧车停在我车旁，是他。

"七年来我满世界找你，如今你出现了，却是以这种冷漠的态度对我，是，当年是我混蛋，是我伤害了你，可我也得到了失去你七年的惩罚，这七年我过得自责、痛苦、悔恨。我知道我伤了你。可事情已经过去这么多年，你为什么还不能释怀？你如果真的想让我永远消失，今天我就成全你。"

他拿出一支比巴掌大不了多少的手枪，冷硬中透出精致，他塞在我手上："来吧！然然！我不是吓唬你，这是一把真手枪，如果我的死能让你开心、能让你释怀这么多年对你的伤害，你就开枪吧！"我被他的这一举动弄得不知所措，傻傻地拿着手枪站在那里。

好在这时行越开车赶来了："大哥，你做什么？你这样会吓到欣然的。"接着从车上下来三个高大男人。

小区的保安也赶来了，没想到，保安看到他竟叫了声"董事长好"。我精挑细选的房子竟然是他开发的。怎么哪哪都是他的地盘！

"欣然，和大哥好好聊聊吧！从昨晚见到你，大哥一直没睡，喝了一夜的酒。"行越满眼的哀求之态，我不忍拒绝。

来到恒景酒店，他问我想吃什么。"那就日本料理吧！"

三文鱼刺身、鲜虾寿司、相扑火锅、铁板秋刀鱼。"我叫了瓶梅酒！"经过刚才那番惊吓，此刻特别想喝点酒。

他一直默默看着我的举动。

"然然，刚才吓到你了，那不是我本意，我只是想你能原谅我，我只想你能重新回到我身边。"

"没想到事隔七年，你的脾气反倒大了。"我倒了杯梅酒给他。

"你就不怕枪走火，伤了我。"我一口气咽下满满一杯梅酒。

"不会，我自始至终都是让枪口对着我自己，如果真的走火那也是我自己倒霉！"冷硬中透着一丝哀伤，我不忍看他的眼睛。

为什么很多时候，两人明明相爱，却还要互相伤害。在他情绪最为激动之时，还想着不要伤害到我，是感动还是无奈，我也不太明白了，但此刻听他这番话倒真想落泪。

爱情经得住生死的考验，却经不住平凡日子的磨砺。

"然然，你比以前更美了，成熟稳重，干练优雅。"

"那都是在生意场上磨砺出来的，谁都可以，不值一提。"

"你为什么没做医生？这七年，一定发生很多事情在你身上吧！"他就这样一直默默地看着我，不曾转移视线。

"是啊！经历了许多事情。"我低下头又猛地喝了一杯梅酒。

"记得你以前是滴酒不沾的，现在看着很能喝啊！我很想知道你这七年都经历了什么，能说给我听听吗？"他夹了份寿司给我。

"回头有时间再聊吧！今晚我们就好好吃顿饭。"

"好！看样子你还没结婚！"

"是吗？结了如何？没结又如何？"我被芥末辣得呛出了泪水。

"其实结不结婚对我都没影响，从那天第一眼看到你我就下定决心要重新追求你，你只能做我的女人！"看着他那熟悉的霸道让我想起刚认识他那会儿的情景。

"那要是我婚姻很幸福呢？"我收回回忆问他。

"我坚信我才能给你最幸福的生活，我会比爱我生命更爱你。"他坚定温柔的样真的让人着迷，但我却害怕这样的迷人，这样升上云端的幸福跌入谷底的痛苦我不想再来一次。

我没有问他这七年来是否有过女朋友，是否有过婚姻，是否生活得幸福，或许我也不想听到某些不愿听到的事情。

每天我都会收到他送给我的红玫瑰，无论如何，花总是那么娇艳，我照单收纳，摆放家中。

忙碌了一个星期，今天是我的格蕾茉珠宝公司上市新闻发布会，我穿着一款 DIOR 白色紧身鱼尾裙摆，肩部搭配经典黑色丝巾，层叠出玫瑰花的形状，呼应出无限优雅。长至腰间的黑色大波浪头发自然地披散着，脖子上这款格蕾茉自己生产的豪华镶钻项链让整个人光彩照人。

我的出现成为会场的焦点，即便是那些模特在我出现后也显得没之前那么光彩照人，珠宝其实也是有灵魂的，需要佩戴她的人懂她理解她，我游刃有余地应酬在领导、客户、记者面前，整个发布会时尚优雅。热情悠扬的音乐配合精彩的沙画表演为我们拉开整个新闻发布会的序幕，领导致辞完毕后，我的发言，让下面掌声阵阵。动感的英格玛音乐配合模特展示我们的产品，下面媒体记者跟踪报道。成功的发布会，完美的结局，站到脚疼的我。

黄觉一直待到新闻发布会结束，他甚至比我早到，很多领导他都非常熟，他们像哥们般交谈，打招呼。有人问他怎么也来参加这次发布会，他很自豪地说："这是我女朋友的公司。"听完他的说辞大家都感到惊愕，羡慕加嫉妒的神情立即显露。这年头找个不但美丽且能干还自带嫁妆的女人可真是件幸运的事情，或许他并不需要这些光环。

来到休息室我赶紧脱了那十厘米高的鞋坐下。

"然然，七年不见你真是让我刮目相看，美丽动人，聪明智慧！感觉压力大呀！"他单膝跪在我身旁准备帮我揉脚。

我赶忙收回脚，有些生气地说："刚才你为什么在那么多人面前说我是你女朋友？"

"本来就是，是你单方面玩失踪，我还没同意分手！你没看见他们看你的眼神，恨不得一口吃了你，还有那些有家室的男人也想打你主意，你不会对做二奶有兴趣吧！"他竟然大言不惭。我气得不想理他！

　　"好了，然然，别再互相折磨了。你知道我是爱你的，不要疏远我好不好？"他竟然像个孩子般趴在我腿上撒娇。我叹了口气，什么也没说，一切顺其自然吧！

　　晚上回家我感到有些不舒服，想着肯定是近些天工作太忙没有休息好，睡到半夜高烧不退，头疼欲裂。我叫醒兰姐，让她给我买药，兰姐摸摸我的头紧张地说："这么烫，吃药不行啊！赶紧上医院吧！"我说我开不了车，你打电话让陈蓉来接我。接着我又沉沉地睡过去。

　　迷糊中我感觉是他抱起我，听到他急促的声音："行越，把车开到门口，兰姐多给我拿条毛毯。"和他分开的时间里我常在梦中梦见他抱着我，路上很漆黑，他喘着气紧紧地抱着我，不知为何，他就突然不见了，我伤心地大声哭喊他的名字。难道，我又在做梦！我伸出手摸摸他的脸，自言道："不要丢下我。"迷糊中我看见他流泪了，这是我第二次见他流泪，第一次，是在那个让我心碎的夜晚。

　　第二天醒来，房间站满了人，黄觉、行越、陈蓉、安静、李萱、兰姐。陈蓉走过来说："亲爱的，感觉好些了吗？幸亏送来及时，不然可有你受的。"

"怎么了？"我沙哑地问她。

"你感冒了，但不是普通的感冒，这次的流感病毒很怪异，它要是侵袭到脑部轻的会失忆，严重的就再也醒不来啦！目前已有几个病例啦。"

"谢谢你们啊！"

"是要谢谢你的黄觉啊！他一路抱你过来，一晚没睡。"陈蓉再次摸摸我额头，确定我真的不发热了。

"兰姐，你回家给她煮点白粥，这种感冒比较爱攻击熬夜并且不好好吃饭的人，你看你真是，工作再忙也不能拿身体开玩笑啊！亏你自己还学医呢。"陈蓉一脸的责备。

"我看你们先撤吧！人多空气也不好，我来照顾她好了！"她接着说。

"不！我来照顾她！你们都走吧！"黄觉坐在我身旁，拉着我的手不肯放。我看见安静给陈蓉使了个眼色，她们知趣地走了。

"谢谢你啊！"我挤出一个笑容给他。

"对不起！然然！都怪我，是我没照顾好你。"他满脸的自责。

"这怎么能怪你呢？是我自己不小心啊！"

"和你分开的日子里，我常做一种梦，梦见我们在一条漆黑的路上，我抱着你，突然你就不见了，我怎么也找不到你，我大声地喊你，让你快回来，别丢下我一个人。昨晚，我却听见你也说这样一句话，我心不由就疼了起来，难道你也做和我相同的梦。"他伏在我手上，很难受的样子。

"我常常做和你相同的梦，你昨晚流泪了是吗？"我轻轻问他。

"是的，我的心都碎了，明明爱你爱得很深，却让你伤心难过。然然，对不起！给我一次弥补的机会，给我一次爱你的机会。"听完他的一番话，眼泪不由自主往外流，他也有类似这样的梦，难道这世上真有心有灵犀，我以为我的离开只是我一个人的难受痛苦，我以为他会很快从痛苦中脱离，有新的女朋友，开始新的幸福生活，就像当初爱我疼我宠我一样待另外一个女人，每每想到这我的心就会抽搐地疼痛。可他并没有我想象的那般洒脱，他一直寻找并强烈思念我，这些真的会给我一丝安慰。

下午我强烈地要求出院，不就一个变异的感冒病毒，需要这么兴师动众吗？陈蓉过来检查了一番，同意出院了。

回到家，他还是不肯走，说是晚上要照顾我，行越欲言又止。我知道他想说什么，我也知道他已疲惫不堪。

"黄觉，今晚你就先回吧！好好睡一觉。明天精神满满再过来看我，我一点也不喜欢看你憔悴不帅气的样子。"我了解他，不这样说，他一定不会走。行越也跟着劝说。

"今晚我会留下来陪欣然的，有什么事我能处理，你们都先回，让她好好睡睡。"陈蓉洗完手出来说。

屋子里剩下我们四个好朋友，回来忙着公司的事，还是上次在酒店吃饭见的面，中途还被黄觉给打断，大家一直没时间好好聊聊，这次生病反而成全我们相聚畅聊。我好奇生病当晚怎么是他送我去的医院，兰姐心虚地说是因为他比较快比较方便，要是先叫来陈蓉，她又抱不动我，还是要麻烦其他人的。至于电话是他之前就留下的，前段日子，在我上班之时，他来到家里拜访兰姐，把我俩如何认识到如何分手再到他如何坚守这份爱的故事告诉了兰姐，说得感动致人。兰姐哪里经得起这个，马上跟着也是大把大把地流泪！并且保证只要她能做到的事情她都愿意为黄觉做。

我恍然大悟，自己的人被他给收买了都不知道，看来别人的事业做得比自己好总是有他的道理的，连对我这么忠心的人都能在这么短的时间搞定，还有其他什么更难的呢？

"欣然，你的命真好，自己能干吧还摊上个多金的男朋友。你看我仨成天累得找不到东南西北。早知道你们认识，当初和他们谈租楼的时候就没那么费劲了。"李萱斜靠在沙发上不停地吃着水果。为保持皮肤的水润她成天不是吃水果就是喝胶原蛋白。

"你们的故事也够曲折了，之前的事我都是知道的，这次相逢可别再有什么枝节。看得出他很爱你，你都没见他昨晚急得那样，把我吓得，还以为欣然得了什么不治之症呢！唉！好吧！又有一位女性告别单身生活从此过上幸福的二人世界啦！"陈蓉拉长声音打趣地调侃。

"是呀！帅气又多金，关键这金还是自己赚的，不是个白嫩嫩的富二代，不简单，佩服。欣然，怎么这好事都让你给遇上了。看看我和齐浩，上个月才刚把剩余房款全部解决，幸好局里给我们配了车，要不然还得成天挤公交车。"安静拿着我的香水往自己身上喷。

我们都哈哈笑起来，安静家的那位是个典型的人民好警察，思想觉悟高，浑身正气凛然，不会来半点灰色收入，按理说她家齐浩那个职位想要来点钱还真并非难事。

手机铃声响，显示屏上显示他的名字，我拿起电话："还没睡呢！放心吧！一切都好着呢！明天见！"

"刚分开又想念啦！嫉妒啊！"李萱一副愤愤不平样。

今晚，她们三人都没回家，反正家里有的是房间，当初买的时候就挑选了一套一百九十平方米三室两厅的房子。大家忆从前，谈现在，想未来，一直闹腾到凌晨两三点才睡。

醒来时，她们三人正在餐厅里吃早餐，兰姐给她们做了一桌丰盛的早餐，此时，门铃响了。他也来了，手里拿了束大捧的蓝色妖姬，餐厅女孩们一顿尖叫，这花不但贵且不易买，但确实妖娆。他也不失风趣地从中抽出三枝递给她们。看来他是先要从我身边的人下手，最后对我来个束手就擒。

公司走上正轨后一切都还很顺利，依然忙碌，比起之前还是有了一些空余时间，公司销售也非常好，每个月都呈明显递增状态，第二家店也即将开始装修。这时突然出现一个人。

神秘的男人

恒景酒店总统套房住进一位中年男人，四十左右的样子，很有派头，出入酒店随行三个保镖模样的人紧跟其后，一位模样俊俏的女孩也是鞍前马后地跑来奔去，看样子是秘书或助理的角色。

这个男人之所以引起行越的注意是因为排场够大，气势逼人。

我这些天经过黄觉和兰姐的细心调理，气色精力是十分之好。洁白的脸色透着微微的桃红，不用化妆整个人都看起来神采奕奕。黄觉一如既往关心我照顾我，他不再逼我说我已经原谅他，答应重新做他女朋友之类的话题。而我，其实已经原谅他，只是已不像当初那般热情澎湃，心的完全愈合还是需要一些时间。我顺其自然地和他交往着，不给他承诺却奢侈地享受他给予的关心、照顾、包容。

上班我还是喜欢穿职业装，看起来利落大方，今天我穿了款超长款的白色西服外套，内穿雪纺灰色飘逸裙，让 DIOR 的优雅发挥到极致。

办公室的气氛好像与往常不一样，我径直走到自己的办公室，沙发上坐着一个男人，装扮整齐考究，内行人一眼就能猜出此手笔乃是国际大牌高级定制，细腻工整。他表情狡黠稳重地打量着我的办公室。见到我他嘴角微微上扬，一个极度自信的笑容，他张开双臂，想给我一个热情的拥抱。

我绕过他的双臂坐到了对面的沙发上，歪着头瞧他。

"找到你可真是不容易啊！要不是以前的珠宝供应商说你来武汉开了个珠宝公司，我还在满世界找你呢。"他磁性的声音还是那样好听。

"你来找我做什么？我们之间结束了，不可能了！"我瞟了他一眼。

"我知道你还在生我的气，你看为了表示我的悔过之心我千里迢迢来求你原谅，你一向宽容大度，这次可是不能这么不讲理哦！"他哄孩子般的语气让我更加不悦。

"这家珠宝公司开得不错，时尚高雅，适合你的气质。开业也不请我们来捧场。"他接过秘书倒给他的咖啡，一点都没把自己当外人。

"今晚我要和你好好聊聊！你这样一声不吭就走，弄得我连补偿的机会都没有。"他那么稳稳地坐在那里,让我没一点上班的心情。

我知道,这是逃避不了的一个事实,我点头答应。

"晚上五点半,恒景酒店总统套房,我会叫人准备好你爱吃的菜。"

"能不能换个地方?"我提议。

"为什么?你不喜欢那,其他地方人太多,我想安静地和你度过一个美丽的夜晚。"

我想应该没那么巧就能碰上黄觉,便点头答应。

下午五点半,我准时到达恒景酒店,他早已在大堂等我,我们并步走向电梯,这一幕黄觉和行越看得分外清楚。

总统套房很大,布局十分豪华,服务人员早已在餐厅摆好雪白的桌布和用餐器皿。

肖林剑拿出一束红玫瑰送给我,我接过说了声谢谢便搁置在沙发上。然后我们落座,上菜,倒酒,一切井然有序。

全是日常我爱吃的菜,潮州卤水、干烧鲍鱼、水煮鱼、孜然牛仔骨、基围虾、清炒蔬菜等满满一桌菜。服务员打开一瓶1993年份的拉菲给我俩倒上。

"欣然,真心地向你道歉,请你原谅我。"肖林剑举起酒杯。

"我已经忘了这件事情了。以后也别再提了,挺没劲的。"

我抿了一口杯里的红酒。

"那你什么时候随我回去呢？"他总是笑得这么自信，即便是在被动地给人道歉却有着不可抵御的王者气势。

我摇摇头："我准备就在武汉生活了，然后找个爱我的男人结婚生子。"

"那就难了，什么样的男人才敢娶你啊！年轻貌美还有钱！晚上做梦都会梦见你被人拐走了吧！"他哈哈大笑。

我看了他一眼随他微微一笑，没有作答。

"好了！欣然，别闹了！我们下个星期就回深圳，如果你喜欢这，我每个月陪你来一次。"他给我剥了只虾放我盘子里。

"林剑，我们之间不可能了，我没有赌气，也不再生气，分开的这几个月我认真地想过，我们不合适。说了你别难过，这几个月我一个人安静地想了想我们之间其实是没有爱情的。如果可以我们依然可以像亲人般对待彼此。"我自己倒了大半杯红酒一饮而尽。

我看见他嘴角的笑容慢慢收起来，一种严肃冷峻的神态浮现出来，我了解他，只有在他感到事情极度严重的情况下他才会有这样神情。他太聪明、智慧，所以很多事情都在他的控制范围，而我却始终活得自由不受任何男人的牵制。

"你还是不能原谅我和珊珊的事情，我保证我永远都不会和她再有任何联系。"他极力地想挽回我们之间的感情。我摇摇头，太晚了。

"林剑，你是这辈子我最感激的人，你教会我太多东西，如果当初没有遇见你，就不可能成就现在的我，我是从内心感激你的。可是我不能因为这种感激就违心地答应和你结婚。这对我对你都不公平，至于你和珊珊的事确实是伤害了我，但经过这几个月的冷静，我是真的原谅与释怀了。"我平静的模样让他有点坐不住。

"欣然，你说过你是爱我的。"

"是的，我曾经是说过，因为我感激你，尊重你，崇拜你，我以为那就是爱情，可我错了。那是超越爱情的亲情加友情。我不想欺骗你也不想日后有更多的伤害，原谅我，原谅我的自私与坦诚。"我忍着想流出来的眼泪又喝了一大杯红酒。

"欣然，我今天累了，想早点休息，我派人先送你回吧！明天我们再聊。"他有些力不从心的样子！

我点点头："那你早些休息，我自己能回。晚安！"出门时我拍了拍他的肩。

我心情沉重到了极点，无力地迈着步子跨入电梯。真想找个地方痛快地哭出来，我的身体似乎没有力量再承载这些感情纠葛与伤痛。黄觉在电梯的出现让我迅速地克制自己难过的情绪，但最终却是不由自主地哭了出来。他什么也没说紧紧地抱住了我。

　　他送我来到小区里，问我可不可以上去坐坐，我摇摇头说："就陪我在车里坐会吧，现在我不想回家。"他打开音乐，想舒缓我的情绪。末了，他说："然然，我想知道这七年到底在你身上发生过什么事情，他是什么人？"

巧遇

当年，痛苦地离开你，我一个人来到了深圳，在医院找工作屡次碰壁，大医院都嫌我年轻没工作经验不肯录用我，小医院我又不想去，每天徘徊在找工作的路途中。

失恋的伤心加上找工作的不如意让我的情绪极其低落，我一人来到一家甜品店休息，叫了份双皮奶自顾自地低头吃，因那天人多，位子不够，他就坐在我对面。

我抬头看了看他，不像坏人，而且很有男人味。他对我笑笑。我没理他更没回报一个笑容给他，我心情不好，为什么还要对着一个陌生人笑。他就那样坐在我对面认真地看我吃，我有些生气他的肆无忌惮，抬头白了他一眼。他也不恼，开口说："看见你让我想起一个人，感觉很亲近，我叫林剑。"说完他递给我一张名片，我胡乱地看了一下，一堆头衔。什么地产的、外贸的、珠宝的董事长之类的。

"请问小姐你怎么称呼呢？"他没有计较我的不礼貌，反而还饶有兴致地和我聊起天来。

"卓欣然。"

"那卓小姐是做什么工作的呢？"

"学医的，刚毕业，目前失业，还没找到工作。"

"如果你愿意可以到我的公司来上班。"

我抬头认真看了看他，这人真奇怪，第一次见面竟然问我要不要到他公司去上班，怎么这号奇葩的人都让我给碰上了。

我重新拿起他的名片仔细地看了看，对于他所从事的行业，我只对珠宝有些许兴趣，或许女人天生就对那些亮晶晶的东西感兴趣吧。

"那就珠宝吧！"我简单直接地回应这非常不靠谱的事情。

"好，明天早上九点，我在公司等你。"身后有位男人对他弯弯腰，然后替我们付了钱。

第二天一大早，我准时赶到他的办公楼，当时我都傻眼了，整个大楼都是他的，那么雄伟漂亮的大楼！我忐忑不安地来到他所在的楼层，礼貌地问一位打扮时尚得体的女孩："你好！请问肖董事长的办公室怎么走？"她从头到脚打量我一番，再次确认我没问错人："你找肖董事长？你预约了吗？"她满脸的怀疑。

我今天随意地穿了件 T 恤和牛仔裤，马尾辫被高高地束在脑后。

"是呀！约好了，他让我九点来找他的。"我肯定地回答她。

"那你跟我来吧。"她把我带到另一位女人的办公室，叽里咕噜说了一通听不懂的鸟语，两人还时不时回头看我一眼。她示意我稍等，随即进入里间的办公室。

看着这么气派的大楼，心里甚是后悔昨天对他的无礼，如果我真能来这上班日后一定会被他好好修理的。真是年少无知，不懂观察不懂识人。正想着，女孩出来了，她非常职业地笑笑，说："肖总请你进去。"

穿过一间长长的会议室，我来到他的办公室。他的办公室豪华奢侈，一尘不染。感觉他不似昨日那般亲切，虽然他也对我如昨日那般微笑，但气氛却是严肃紧张，我坐到他对面不知说什么。他看出我的窘迫。

"喝点什么欣然？"他站起来打开冰箱的门。

"随便。"我环顾四周，有些紧张。

他递给我一瓶橙汁，开口说："这似乎不像昨天的你哦！昨天的你可是很跋扈厉害的哦！想好了？有没什么要求？"

我摇摇头："你对所有来应聘的人都这样吗？"我不知道自己怎么会突然冒出这个问题。也许是我们的相识太奇怪，又或许是他这个人太奇怪，问完又很后悔自己这么鲁莽的举动。

他被我这个问题逗得哈哈大笑起来。

"如果没什么问题，就准备上班吧！"他按了下电话，"把丁总叫来。"秘书恭敬地回应："好的！肖董，请稍等！"

几分钟的样子，走进一位腰身曼妙、仪态万千的女子。齐腰的大波浪长发被染成深红色，如牡丹般盛开夺目。一款长长的吊坠耳环随着她头部的晃动光芒四射，低 V 领长裙露出深深的乳沟，举手投足女人味十足，多么风情万种的女子，我被她美丽的外表深深吸引。

"欣然，这位是珠宝公司的副总经理丁总。"

我站起来说："丁总好！"

"这位是欣然，我把她交给你，你多教教她。"

她坐下来，用有些傲慢、猜忌的眼神从头至尾地打量我，她这种眼神让我十分不舒服，我感觉，她不怎么喜欢我。女人与女人之间的喜欢与否一个眼神早已洞察一切。我有些疑惑，我并没做什么让她感觉不爽的事情啊！

"你交代的事我当然会用心啦。"她一副撒娇的模样。

我跟着她先到人力资源部报到，接下来迎接我的生活就是繁忙、压抑、矛盾和纠结。

第二天我正式开始上班，丁总一会让我给珠宝工厂送模具样板，一会让我到商场了解销售。十月的深圳，艳阳高照，热气逼人，我挤在嘈杂的公共汽车上汗流浃背。从福田到罗湖坐车至少也要一个多小时，为节约时间中午我就买了个汉堡充饥，回到公司时已是下午五点。

"怎么这么长时间呀？"她头也不抬地说了一句。

从小到大还从来没有受过这种待遇，我怒火攻心，真想回她一句，但想想还是忍住了。"为节约时间我已经尽力了丁总。"我克制情绪，努力平静地回答她的问题，真不知她为何这般讨厌我。

她似笑非笑抬头看看我："哦！对了，今晚有个会，你参加吧！肖总让你好好收拾打扮一下哦！"她那种语气让我十分反感，好像我和肖总有什么说不清的暧昧关系。

想想已是下班时间，按理应该是公司内部会议，现在上哪打扮去，又没带多余的衣服和化妆品。我想肖总可能是想把我介绍给其他部门人认识，以便日后好开展工作吧。想到这，对他的细心多了份好感。

来到洗手间洗了个脸，把一头直发高高随意挽在脑后。丁总显然重新化了妆，并且换了套衣服，她褪去职业装，一身轻、薄、透、露的热带风格的大花图案长裙，凸显女性魅力，我穿着公司统一做的职业装像个跟班似的跟在她身后。她回头打量我，努努嘴得意地笑了笑。我们一起来到深圳的威尼斯酒店。

直到进入会场，我才明白她那得意的笑，这是一个关于珠宝的时尚 PARTY，所有前来参加晚会的男人都是西服领带，女士们精心挑选的晚礼服配合光彩夺目的珠宝华光异彩，魅力无限。而自己的打扮显然是格格不入，就连酒店的服务生都穿得比自己整齐，我掉头想走。

一头撞上了肖总，他仔细地看看我，意味深长地看了看丁孜，丁孜马上委屈地说："我都按你的意思给她说了，你看这孩子就是这么不懂礼貌。"她还装成一副委屈的模样。我心里想她明明就是成心的，开会和晚会都是会，性质却是相差十万八千里。我张开嘴却不知如何解释。

"都怪我，都怪我。我都忘了欣然刚刚毕业，哪里会有什么晚礼服呢！"他一副恍然大悟的样子。

丁孜像一只花蝴蝶般穿梭在晚会各处，时不时听到她娇嗲夸张的笑声。

肖总走哪都带着我，把我介绍给大家，看得出每个人都很尊敬他。

第一次参加这样的晚会自然感到有些紧张，加上这样不合时宜的打扮，更让我心情沮丧。我对他说："我累了，想一个人待会。"他点点头说："也好，我刚好要和几个朋友打声招呼，等会我送你回家。"

我倒了杯香槟独自站在一处欣赏这繁华寂寞的夜晚，我想起黄觉，想得出神，想得心痛，想得寂寞。以至于一位女人过来和我说话我都没注意。我抱歉地说了声对不起，并报以真诚的微笑。

　　"你是肖董新的助理？"她抿了口酒。

　　"目前还不是，他让我跟丁总多学学后再说。"见她并没恶意，我实话告诉了她。

　　"那就有你受得了！"她撇嘴笑笑。

　　我好奇地问她为什么，难道她也曾经做过丁孜的下属？

　　"肖总很看好你，明眼人都能看出来，丁孜善妒，所以她不会让你太舒服。"

　　"原来是这样，可我又不会抢她的位置。"经她提醒我顿时醍醐灌顶。

　　"傻姑娘，还不止这些呢！"她拍拍我。正当我想请教她时肖总走过来了。

　　他俩热情地聊起来，看样子非常熟悉。她说："肖董，好福气，这女孩好苗子，得用心栽培。"我被她夸得有些脸红，肖董连说是啊是啊。

　　回家的路上，我一言未发，身体的疲惫无所谓，心的哀凉让我沉默不语。肖董以为我还在为衣服的事不好意思。

　　"欣然，明天晚上下班陪我逛逛商场吧！"

80

我知道他是想给我买衣服，我直接拒绝他并说自己没空。他不再继续这个话题，转而说："发什么呆呢！想男朋友了？"

我知道他是故意试探我有没男朋友，我冷冷地回答他："他死了。"

他嘎地停下车，看着我冷漠痛苦的表情。他并未言语，只是伸出手拍拍我。我自嘲地笑笑，有些伤痛需要用一生的时间治疗，也许我就是这样的病人。

丁孜每天像安排小工一样打发我，还喜欢给我挖坑让我往里跳，但在肖总面前她又表现有多照顾我关心我的样子。我决定找她敞开心扉地谈谈。

"丁总，我能和你聊聊吗？"我态度坦诚又认真。

她抬起头就一个字："说！"

"不知道为什么，我始终感觉您不太喜欢我，我不知道自己错在什么地方。您可不可以直接告诉我，我一定会改的。"

她冷冷地看着我："错在你不该来这。"

我沉默地看了她一眼，知道再谈下去也没有任何意义，便轻轻退出她办公室。

我坐在电脑前打好辞职报告，内心一片孤独寂寞。站在公司落地窗前看着点点星火，橘色温暖的灯光给人温暖的味道，什么时候我也有一片属于自己的灯光呢，无论多晚回家始终有个人亮着这温暖的灯光温柔地等待自己。泪无声滑落，他还好吗？也许他已经从失去我的痛苦中走脱出来，也或许根本没有什么痛苦。女孩多了去了，和谁不是恋爱，况且他帅气又多金，身边怎会少漂亮女孩呢？我痛恨自己的想念，我要学着忘记他，永远不要想起他。

拟好辞职报告已是十点多钟，临走时看见肖总的办公室灯还亮着，想想过去道个别吧！敲敲门，没人应我。我轻轻推开门走了进去。

衣服散乱一地，他俩赤裸地在沙发上扭动着，我呆傻地站在那儿愕然不知所措。他俩同时看到我，肖总的眼神有太多我看不清的东西，而丁孜却是一种嘲笑加不屑的表情。他俩就那么直直看着我，我觉得似乎是自己没穿衣服般惊恐，我放下报告撒腿就跑。

回到家中我一人孤寂地坐在阳台上仰卧看漫天繁星，心中豁然明白，明白丁孜为什么不喜欢我，原来她是肖总的女朋友，也明白那天在晚会上那位陌生女子对我欲言又止的那番话。是的，她一定是害怕肖总会喜欢上我，在公司除了我其他人都是正常来应聘，她有太多担心，我理解这种感受。她不喜欢我只是觉得我对她会造成威胁，想到这些，心中似乎释然很多，反正明天我就要离开这家公司了。终于结束这钩心斗角的生活了，心中竟然轻松无比，这几个月我的韧性和忍耐程度有了质的飞跃。

手机响了，这么晚会是谁给我电话呢？我拿起手机，显示屏上冒出肖董的名字。

"肖董您好，这么晚您找我有什么事吗？"我看看手表已是十二点。

"欣然，今晚的事……"

"我什么也没看见，所以什么也不会多说。您放心！"我想肖董这么晚打电话给我无非是关心这件事，我急忙打断他，告诉他我的立场。再说了这是私企，肖总又没结婚，和下面的女副总谈恋爱也不是什么大不了的事情。

没想到他在电话中竟然爽朗地大笑几声说："看样子你也没睡，我就在你楼下，下来陪我聊聊天。"

我犹豫一下，决定还是下去见他。

我俩在我住的附近找了家咖啡厅坐下，两人一时沉默。

"欣然，对于你的突然辞职，我很意外，我想知道你走的原因？"他打破沉默，点燃一支烟。

"为什么一定要知道原因呢？我既不是公司高管也不是技术骨干，像我这样的员工离职，董事长都要问原因吗？"

"不会，像你这样级别的员工离职我根本就不会知道。"他猛吸一口，悠闲地吐出一轮烟圈。

"那不就得了。"我也悠闲自得地吃着冰激凌，没了以往的压抑与纠结。

"我不同意你的离开。因为我需要你。"

我笑得让冰激凌呛了一口："您太逗了，您需要我？需要像我这样既没工作经验又没珠宝专业知识又没管理专业技能的人？"

"欣然，你对你自己太不了解！你身上有的正直、善良、聪明、智慧、悟性是很多人不具备的优点，你将来是个很好的CEO，当然，如果谁娶了你，你也会是个很好的妻子。"他极度认真的表情，让我不敢太放肆，但我还是忍不住笑出声来。说着工作怎么又说到我将来会是好妻子之类的话，看来肖总今天是彻底被我搅晕头了。

"欣然，有些事情我很想和你好好聊聊，对于你辞职的事是不是因为丁孜？"

我点点头回答："是的，肖董，丁孜第一眼见我就十分不喜欢我，当初我不明白是为什么，今晚才知道她是你女朋友，她可能是担心我会做一些对她不太好的事情，这种心情我能理解。工作上她也不会给我太多帮助，这样我也学不了什么东西，到现在我还像个打杂工穿梭在公司和工厂之间，而且还要背负这种压抑的环境，我觉得自己干得很不开心，我实在找不到留下来的理由。

所以我是一定要走的，不过还是要感谢您的知遇之恩，如果日后有什么能为您做的我定当尽力。"

他耸耸肩，十分自嘲地说："女朋友？谁告诉你她是我女朋友？工作上我们是上下级关系，生活中我们是床友而已。"

这下轮到我晕了，床友，这是什么词语？还是第一次听到这么新鲜的词语，这也许不是我这个年纪和社会阅历所能理解来的事情，我惊愕地看着他。

"哈哈，傻丫头，我怎么会让这样虚荣浅薄的女人做我的女朋友，当初她来公司时我看她是个好苗子，精心培养，努力栽培，工作上她确实聪明能干，让我省心不少，但她这个人过于小气、虚荣、自私、嫉妒心强到令人发指。我也曾经找她好好聊过，但有些人骨子里的东西是很难改变的。"

"那她也愿意做你的那个什么床友啊？"我满脸惊讶，不明还有这等女子。

"为什么不愿意，她让我先迷恋她的身体再迷恋她的人，然后就可以成为我太太啊。"

"嗯，不错，这种迂回策略挺好。可是成为你太太就那么重要吗？"我算是大开眼界了，连爱情也是可以有战略目标的。

"只不过你要明白一点，女人都说男人是用下半身思考问题，遇到本能问题时这点确实也没错，但如果是关系到一辈子的幸福之事男人还是会回归为用大脑思考。所以男人最终还是理性动物。如果你不是迷恋一个女人的精神，那么身体你也迟早会厌倦，至于想成为我太太估计也不是因为爱我本身而是我身上的名利和权势。"

我又叫了份草莓冰激凌，大口地吃起来，这样的问题超过我的所学所见，我需要冷静想想。

"那她知道你现在还是不想和她结婚吗？"

他给我一个温柔的笑容，点点头。

"所以她对公司漂亮的女孩都会排斥？"我得意地笑了笑，我也算是个美女吧！

"不全是，她对你可能最嫉妒，她能感觉我喜欢你。"

我一阵脸红，幸亏灯光暗他没发现。"我可不是第二个您想培养的丁孜。"我莫名其妙地说来这一句。

他一愣，没料到我会这么说，继而哈哈大笑："绝对没有这个想法。"

他就那样一直温柔地看着我，我不自然地低下头吃冰激凌。

直到深夜两点多他才送我回家，最后的结果是我答应他不离开公司，做他的助理。

第二天他召开公司高管团会议，并在会议上宣布我将成为他新任助理，上任助理因工作表现突出现已调往其他公司做副总。

大家纷纷鼓掌表示欢迎我的到来，只有丁孜满脸不悦，她掷地有声地说："我认为卓欣然完全没有能力出任董事长助理一职，她年纪轻，阅历浅，又没有系统的管理经验。这样做实在是草率行事。"

地产公司总经理慢条斯理地说："丁总，话也不能这么说，想当初你来那会儿和欣然这会情况也差不了多少，你看你待在肖董身边不过几年光景，现在不也是能升为副总，成为公司的得力干将嘛！公司发展阶段，是需要花时间精力培养新的人才的，我们作为高管要身体力行。"说完瞟了一眼丁孜，大家纷纷表示赞同。丁孜气得脸发青，一声不吭。

和肖董在一起的时间里，我的进步非常大，他总是以最快最简单的方式培养我，我的进步也得到其他高管的鼓励认可。生活中肖董也格外关心我，教我如何了解国际大牌，如何着装，如何正规进行西餐礼仪。

一年后当我得体地出现在高管团队及客户面前时，那种由内到外散发着自信爽朗的笑容吸引了大家，肖总看我的眼神越来越欣赏、温柔。这一年的相处中让我有机会更深一层了解他。他智慧，总是能做成别人不能做的事。他敏锐，总是能发现别人不能发现的商机。他大度，公司所有员工工资福利待遇都比同行业的高。他勇敢，黑白道如鱼得水，大家都敬重他。当然最后一点是很花心，总是见他身边美女不断，明星、模特，还有什么选美小姐之类的。

当然这也不关我事，对于他我有一种亲人的亲切感，但这种感觉肯定不是爱情，更多像是一种对兄长的依恋。所以待在他身边我也自得其乐。

每当我安静孤独时我都会想起黄觉，想起我们在一起发生的点点滴滴，快乐无限。这种爱我只能将他深埋，不然他会侵蚀我整个快乐，让我在痛苦与思念中不能自拔，我恨极了自己的无能，为什么会有如此之深的想念，难道所有女孩的初恋都如这般深刻强烈？

这种不自觉的忧伤在我安静时会自然地冒出来，在一个有着绵绵小雨的下午，肖董约我晚上一起到彭年酒店旋转自助餐厅吃饭。

"然然，你有什么不开心的事情吗？没人的时候，你脸上总是有种淡淡的忧伤，让人看了心疼。"不知从何时他已习惯叫我然然。

"没有啊！我挺好的，你多心了！"我故作轻松地回答他。

"咱们今天喝点红酒吧！"我的提议得到他的赞同，因为工作的原因我喝上了酒，因为失意的情绪我爱上了酒。

绵绵小雨伴着马来西亚姑娘那略带沙哑的英文情歌别有一番情调，滴金酒庄的贵腐酒一直是我的最爱。

"然然，你谈过恋爱吗？"不知怎么我们就聊到了这个话题上。

我点点头，不愿在此时想起那段人生中最美却又给自己带来最大伤害和痛苦的回忆。

"初恋啊！美丽吗？"他似乎来了兴趣。

"美，但伤人，伤到目前还没有爱上其他男人的兴趣。"我拿起酒杯大口地喝酒。

"那我岂不是还要继续等，这太不公平了。我今年都三十好几的人了，再过几年都没人要了。"他一副认真的样子逗得我哈哈大笑。

"怎么可能呢！要你的美女都排队了，你还拿我闲开心。罚你一杯。"他接过我倒的酒一口吞了下去。

我俩的兴致出奇的好，一瓶酒不一会就被我俩干光了，商量着再来一瓶。直到我喝得晕晕乎乎，满面红晕。

伴着酒的力量，我被他再次勾起对黄觉的思念，泪水像止不住的洪水决堤涌出，我一股脑地把我俩的相知相识相爱及分手全盘托出。我说这下你满意了，你就是想看我伤心难过的样子是吧？现在看见满意了吧！

他从对面走过来坐到我身旁，紧紧地抱住了我。我能感觉他的心疼与关爱。正当我沉浸在这温暖的怀抱中，我发现一双眼睛从旁边冷冷地射过来，我打了个寒战，原来是丁孜。

我紧张极了,有种第三者被人发现的尴尬与难为情。她什么也没说,站起身目不斜视地挺胸从我们身旁走过。想起那双冷冷的眼睛,我已没有任何兴致与他谈论,提出想早点回家。

一次无意的报告中,我发现珠宝公司购买的裸钻价格普遍较高,按丁孜的聪明才干她是绝对不会不知道的,要知道她可是这个行业有名的买手,除非她被人行贿。我拿起电话想给肖董汇报,但想到又没有确凿的证据,反过来她要是说因为是自己一时的失误造成的价格偏高,那我岂不是很被动。我想想还是暗中观察再作打算。

我查看到她们早在半年前购买的裸钻价格就已经有问题,而且这种情况还在继续。丁孜她到底想做什么?公司给她的待遇已经让很多人眼红了,难道她还不满足。

顺藤摸瓜,我慢慢明白些许思路,她果然拿了别人的好处,我想这事不能再瞒了,等明天肖董从法国回来就向他汇报。

陪客户吃完饭已是晚上十一点,我独自一人走在回家的路上,路上行人稀少,我加快脚步直奔小区。前面突然冒出四个男人,他们不怀好意地看着我,一步步紧逼我。

"你们要做什么?"我大声地说道。我听见自己因紧张而有些颤抖的声音。

"干什么,陪我们哥几个好好玩玩。"我倒吸一口气,看来今天是凶多吉少。

我侧身快速踢倒一名男子，从小我爸就教我擒拿格斗，对付一两个人还是不成问题的。但今天冒出四个大男人，我估计自己不是他们对手。我回头就跑，边跑边大声呼喊："救命，有歹徒。"

我听见他们在身后喊："快点追，看起来她还会点功夫。"

很快他们追上了我，四个人一起把我往停靠在一旁的车上拉，我死命挣扎，大声呼叫。就在他们即将拉我上车的瞬间，我听见一名男子的吼声："放开她！"

随即就看见他们厮打起来，看样子这名男子是受过专业训练的，一会工夫就将他们四人打翻在地，过了一小会，来了两名警察。

来到警察局，我惊魂未定，刚才救我那位男子果然是从部队出来的，他倒给我一杯水让我别害怕，回头才发现我的脚和胳膊都受伤了，血顺着衣服涔涔往外流，看起来他和派出所所长的关系很好，不知说了什么，随即就先送我去了医院。

他一直陪在我身边看着我消完毒，做好包扎后，才让人进来问话。

问话结束后，我满怀感激问他如何称呼怎么联系，想想今晚要不是他的相助，我可能真的再也见不到这个美丽多彩的世界。他看上去只有二十八九的样子，刚毅挺拔。

他自我介绍说叫寒水，刚好和同事吃完饭准备回家，听到我的求救声立马赶了过来。我们互相留了联系方式，我说你可是我的救命恩人，等我好了可是要请你吃大餐啊！

他说你还真逗，都伤成这样了，还如此谈笑风生。他让我好好休息，他会在一旁看着我，不用害怕，不知为何他给我一种安全感，我沉沉地睡着了。

等我醒来时，肖董已在我房间，他看起来疲倦憔悴，满脸的担心。医生说没大碍，他方显轻松。下午我就出院了。

他拿出厚厚的一沓现金送给寒水，十分真诚感谢寒水的救命之恩，说寒水这个兄弟他交定了。

在家调养着，传来那天审讯的结果，他们四人乃受人委派行凶作案，幕后指使竟然是丁孜和她的男友。听完这个消息我大脑一片空白，丁孜，我们上辈子结的什么深仇大恨这生要如此纠缠不休。我打电话给肖董他手机没人接，我打电话给他秘书，秘书说他带了一帮人前往我们废弃的工厂去了，一种不祥的预感笼罩上来。我叫了部车，直往工厂。

我听到一阵阵的叫声，我忍着疼痛大步地跑过去，工厂里站了二十多个表情冷酷高大结实的男人，对面跪在地上的是丁孜和她满脸是血的男友，看到我，肖总的表情瞬间变得柔情起来。他推开我，拿起铁管走到她身边恶狠狠地说："丁孜，我向来念及我们曾有过的感情，你竟然大胆到触犯我的底线，你明明知道我在乎欣然，你还敢叫人使出这等手段。你受贿公款一百多万，挪用公司二百多万，你当我是真不知，我是想给你机会让你好好反省。你和这没出息的男人一起算计我，你还太嫩了点，今天这一切的结果可都是你自找的。"

听完这番话，我一阵纳闷，原来他一切都知道只是在装糊涂，而自己却傻到看不出来不说还被丁孜看破我对她有所怀疑，看来自己实在是心无城府。我看到丁孜马上跪着来到他面前，声泪俱下地求饶："林剑，饶了我们吧，看在我爱你多年的分上饶了我们吧，钱我一分也不要了，全部还给你。"她抱着他的腿哀求地望着他。

"丁孜，在你没伤到然然之前一切都好说，你要钱，我肖林剑也不是个小气的男人，你开口我会给你。但现在太晚了，我忍受不了你对然然的伤害，如果那天她不是被人救助，今天她还能好好站这儿吗？我想着心里到现在都后怕，你可真够胆！"林剑浑身冒着冷气和杀气，让人看着忍不住寒战。

"算了吧！原谅他们吧！我不是好好的吗？再这样打下去，会出人命。"看着那个男的满脸是血我于心不忍。

"傻丫头，你就是这样善良，那晚如果不是寒水救了你，真不知会发生什么。"

他收起那根铁管，冷冷地说："看在欣然的面子上今天我放了你们，离开这座城市，永远别让我见到你们。"

丁孜满含感激地看了我一眼，想说什么却又咽了回去！

仇恨不一定非得用暴力去解决，心怀仇恨的人内心也一定非常痛苦，或许包容和温暖更胜过报复。

听到这里，黄觉紧紧地抱住了我，把头深深埋进我的胸前："然然，我是一个罪人，都是我的不好，才让你经历这些痛苦。我真的好恨我自己，明明内心是那么爱你，可是却伤你最深。"我摸摸他的头，感慨道："很多事情也许就是命中注定的吧！没有这七年在深圳的经历也许不能成就现在的我。"

"后来呢？后来你怎么又离开他了？"

那件事情之后，我成了他女朋友，他对我十分好，只要我喜欢的任何东西他都会尽力满足，无论是精神的还是物质的。我成了珠宝公司的总经理，当然那个时候我已经有能力胜任了而非因为他的缘故，公司被我经营得很好，每年的盈利指标都让大家吃惊，我成了不折不扣的女强人形象。他还是喜欢泡美女，但那个时候我却可以大度到不去计较，男人嘛，总得有个爱好！何况除此以外他可以说对我是体贴入微，我想我该知足。

可是有天我出差回来，却看见他和我一个十分要好的女朋友上床，站在门外我觉得十分讽刺。我就这样安静地冷冷地看着他们。

"我也很奇怪，为什么爱我的男人都是因为这种事而使我远离，奇葩的是每个人却都会说我是他们最爱和最在乎的女人，我只能怀疑是我出了什么问题吧！"我自嘲地笑笑。

"不，不是这样的，然然，是我的错，我不应该那么做，当时我也就二十八九，抵制不了诱惑，什么都想尝试。你知道吗？然然，当时找不到你，我恨不得一枪崩了自己，我每天过得都不快乐，每天睁开眼睛的第一个念头就是我今天会在某个街角遇见我最爱的欣然吗？"他抱着我不肯松手。

"再给我一次爱你的机会好吗？然然！他不适合你的。"

我松开他的手反问他："你怎知道他不适合我？他对我的爱一点也不会比你少。在我最困难的时候是他帮助我脱离生活的不快乐，为他，我是可以付出一切的。如果，如果这次他硬是要求我嫁给他，我也会这么做的，你不理解这七年他对我的帮助与关爱。如果他这次态度强硬一定让我兑现自己当初的诺言，我想我就只能随他回深圳。嫁给他，照顾他，试着爱他。"

"不，然然，我绝不允许你离开我，我好不容易找到你，我不能让你从我的视线里再消失。"

"一切命中注定了，随缘吧！"我无奈地笑笑。

时间不早，我提出回房间休息，可他却一直不肯放手，似乎他一放手我又会离他远去。

"就让我这样一直抱着你，然然，永远的。"

永远是多远，就如张爱玲女士所说："爱，经得起风雨，却经不起平凡；风雨同船，天晴便各自散了。"

夜如此的静谧，月亮透过树的缝隙和灯的光晕混合着别样的美丽，我们就这样相拥入眠，直到天亮。手机的响声唤醒沉睡的我们，是肖林剑的电话。他约我早上一起吃早餐，我答应马上就去。我回房间换了套衣服简单化了下妆，他开车送我去酒店，一路上我们谁也没有说话。临到酒店他终于说："然然，你内心是爱我的，你这样用爱情去报答一个曾经给你帮助的人你认为对谁公平？这样我们三个人都会痛苦。这一次无论如何也不能看着你从我眼前消失。"

我没有回答他的问题，下车一路快速来到肖林剑的房间，早餐早已摆好，都是我爱吃的，他满眼通红，想必是昨晚一夜没睡好。他给我拉开椅子，让我坐下吃饭。想到这些年他对我的帮助和照顾，鼻子一酸，泪水就流了下来。

"然然，昨晚我想了很久，有些事我想再证实一遍。你知道我虽然花心，但心中却是爱你的，这点我相信你能感觉得到。你真的对我只是感激而不是爱情吗？这点对我很重要你要认真地回答我。"

看着他如此深沉寂寞的表情，我真的很难过，我没有勇气回答说我不爱他只是感激他。

"林剑，如果能报答你这些年对我的爱与关怀，只要你愿意，我是可以嫁给你的。"我看着他，使劲不让泪水再次流出来。

"是报答，而不是爱情？"他自言自语，抬头看了看天花板，自嘲地笑了笑。

"对不起，林剑，我……"

"没事，然然，你陪我度过人生中最美丽的七年，和你在一起的七年里我内心是如此的快乐与踏实，从来没有人给过我这样的幸福感觉，你的善良、真诚、豁达都是感动我让我爱你的原因。我已经很知足很满意了，我只想在你以后遇到困难时第一个想起来能帮助你的人是我，无论什么情况下你都可以来找我，我希望你永远幸福快乐！"

我泪流满面，抑制不住地哭出声来，这些年没人明白他对我的好，他站起来走到我面前，轻轻擦去我不断涌出的泪水，我伸出手紧紧抱住了他。

"我会的，无论何时我都会想起你，你就是我最亲的人。"

他拍拍我的肩："好了，傻丫头，还哭呢！有件事你必须听我的。"

我点头直答应，此刻他提出任何事情我都会答应，我欠他的实在是太多了。

"这里有两千万，是我给你的，你必须拿着，我知道你开这家公司借了一些钱，你也知道做我们这行的贷款利息高，现金对我们非常重要，还有深圳那套房子依然是你的，我帮你留着，什么时候累了，想回去看看就回去。钥匙我帮你保管。"

"不、不，钱和房子我都不能要。"我连连摇头，哭得泣不成声。

"听话，你要好好工作，将来等我老了没钱花没地去的时候你可得连本带息一起还给我啊。"他用力地搂了搂我。

除了感动我没有更好的表达方式。

此时黄觉敲门而入，我有点紧张和尴尬，这两个我爱的男人有太多相似之处，都是有自己独特气质性格刚毅的人。还没等我来得及互相介绍，黄觉就十分礼貌地打起招呼。

"肖总，您好！非常抱歉不请自来，我叫黄觉，是这家酒店的老板，然然时常提起您，感谢您七年来对她的照顾，以后请您放心！我会好好疼爱她关心她，不让她受到一丝伤害。"他们互相自然默契地握了握手。

"我相信然然爱的男人一定是十分出色的，我倒希望你对她别太好，这样我似乎还有些许的机会。"肖林剑的幽默让我们三人都笑了起来。

然后就变成了我们三人的早餐，他俩都像以往一样照顾我吃早餐，有时会说同样的一句话，同时帮我拿餐巾，然后俩人互相笑笑，而我却时常感到有些尴尬。

送他去机场的途中，我情绪有些低落，想着他以后回家都只能是一个人孤寂，身边也没有个真正关心他的人，那些女子哪一个不是为他的钱，不让他烦心就不错了，想到这心就莫名疼痛起来。

回家途中，我一直没有说话，黄觉牵着我的手也不知在想什么。

晚上接到陈蓉电话，她一顿暴述我的重色轻友，我解释公司因刚开业事情比较多不是她们想的这样。原来她们三人在酒吧喝酒，我放下手中工作，立马开车前往。

三个漂亮的女人甚是惹人注意，离着老远就能看到这道亮丽的风景，我还没坐下，她们就开始轮流损我，感慨我的没义气。我只能赔着笑哄着她们开心。我们从各自的工作到股票的走势到男人的本色，大家时不时因为某个好笑的话题笑得前俯后仰，友情的真诚在我们四人之间体现得很真实。

正当我们闹得欢，一位男人站在我们面前，他身材高大，表情冷酷，我们面面相觑不知发生何事。他也不啰唆，单刀直入。

"我们老大请这位小姐过去喝杯酒。"他指指我，一副凶狠的模样。

"对不起，回去对你们老大说，我们不是陪酒女郎！"安静冷冷地回应他的无礼。

"真扫兴，要不咱们回吧？上欣然家喝杯兰姐做的花果茶。"陈蓉的提议全体通过。

我们收拾东西准备离开，六位男人挡住我们的去路。我实在是有些气愤，这样厚颜无耻、低级下流的黑社会行为还真的这么猖狂。

"说吧！你们想干什么？"我冷漠地看着他们，心中厌恶至极。

这时从另外一桌站起一位男人，中等身材，满眼的猥琐阴冷神态，他叼着根烟眯着眼睛对我说："小姐，赏个脸喝杯酒交个朋友如何？"

"对不起，没这必要。我们有事先走了。"我冷冷地看着他，不想理会他无礼的要求。

"看来这位小姐是不想给面子了。"他一脸的无耻样。

他给了个眼神给那几个男人，他们欲强行拉我们入座，安静大喊一声："住手！警察。"说完准备掏警官证，没想到她来酒吧前换了衣服没带上。

中等身材男人冷笑说："笑话，还冒充警察。"

正当怒拔弓箭之时，黄觉来了，他眉头紧锁，一言不发。中等身材男人见到他立马眉开眼笑，殷勤谄媚地说："觉哥，好久没见您啦！您最近可好？"黄觉点点头算是回应。

另一位年轻男子凑到他耳朵上不知说了些什么，他表情立马严肃起来："觉哥。今天是我眼拙没认出大嫂，得罪之处，还望您海涵！小弟愿受罚，不过话也说回来觉哥真是好眼光，嫂子可真是长得风情迷人啊，估计没有哪个男人不喜欢的，以后可得看好喽！"他一副垂涎欲滴模样让我想吐。黄觉冷冷地看了他一眼。

我不想把事闹大，赶紧圆场说："算了吧！也没多大事，我现在也困了想回家睡觉。"

回家途中我看出他的不高兴："这么晚，你还在酒吧玩，之前我给你打电话你不是说晚上工作忙要加班吗？"

他这样的口气让我觉得十分不舒服，林剑就从不会用这样的态度和方式和我说话，即便当时我还是刚出学校门的小白领，林剑也会像兄长一样告诉我问题的解决方法，这么多年我已经不习惯别人用这样的口气和我说话。

"然然，你现在的脾气可是比以前坏多了。"他伸出手想摸摸我的脸，我扭过头不再理他。

"是吗？如果你觉得难以忍受我现在的脾气，我们可以不用见面！"我一脸的冷漠。

显然我的这种态度让他很难受，他气得脸都黑了，一言不发。

来到小区，我推开车门，说了声"谢谢"便转身离去。我的这一举动彻底激怒了他，他拉开车门，一把拽住了我，把我按在车门上，疯狂地亲我，我四处躲藏，拼命反抗，但一点用都没有，他太大力气，我根本就是在做无用功。回来的这两个月里，我们没有任何的肢体接触，每次他想进一步有所行动时我总是装成不经意地回避。

这种熟悉的吻，这种熟悉的味道让我熟悉且沉醉，我像一个喝醉酒失去控制的人任他疯狂地进攻我，我眩晕着、享受着、跟随着，我总是装成一副有他没他无所谓的样子，可内心却是如此渴望他的爱抚。

他慢慢地放开我，贴着我的脸说："以后不许说这样的话，这辈子你只能嫁给我没有其他选择了！"等我回过神时，他已发动车离去。我一个人傻傻地站在家门口。

早上还没起床，就接到他的电话，约着晚上一起吃饭，看看工作安排，晚上还真有时间，顺口就答应了。

来到公司就马不停蹄地工作，以至于到了下班时间都忘了，看看时间已是六点半，我拿起外套就向门外冲。

来到酒店的中餐厅时看见她们三人正和黄觉聊得不亦乐乎，我饿得两眼冒金星打了招呼就大口吃起来。

李萱今天不知遇到什么好事情，满面红光，神采奕奕。她凑过来小声对我说："宝贝，知道吗？黄总给我的租金优惠不少哦！"我这才想起她美容院的合同快到期了，黄觉不但重新续约，并且在租金上让利不少。我心里很明白，他这是想讨好我，让我高兴。

我拿起一杯红酒连连说："恭喜恭喜！"陈蓉看着我狼吞虎咽的模样说："怎么，中午又没好好吃饭吧，你每天这样的生活方式可是不健康的，中午不吃，晚上狠吃，工作再重要也没有健康重要啊！"

"对，对，我以后一定改！"我没心没肺地说。

看着黄觉又要来数落我的样子，我马上做投降和下不为例的模样，才总算逃过这一劫。

吃饱饭，我才想起问他今天是什么日子，为什么要请我们吃饭。他从口袋掏出一枚钻戒，以我的经验基本可以猜测这颗钻石大约在七克拉以上，水晶灯下它光芒四射，五彩缤纷。

"今天是我生日，我拒绝了所有朋友，只想单独和欣然享受这美丽时光，但你们都是欣然最要好的朋友，所以请大家一起过来见证我对欣然的承诺。我会用我整个生命去爱她疼她，不让她受到一丝委屈，让她永远快乐幸福地生活！"

天啊！我居然忘记他的生日，今天是他37岁生日。更为要命的是这好像是求婚的说辞，我一点准备都没有，我愣在那不知如何应付。

她们仨激动得泪水都流出来了，大家拼命地鼓掌激动地叫嚷。黄觉单膝跪地，准备给我戴上，我急忙抽出手："这太突然了，能不能给我时间考虑考虑？"

"这枚戒指等你很久了。"他一脸的温情与不可拒绝的神情，她们仨使劲地点头起哄帮衬他，真不知她们何时改变了阵营，竟然处处维护他。

就这样莫名其妙地戴上他送的戒指，就这样答应嫁给她，小提琴奏响美妙的音乐，999朵娇艳欲滴的红玫瑰用推车缓缓送来，她们三人激动地互相抹眼泪。我傻傻地还没弄清楚状况，他站起来拉着我的手，伴着美妙的音乐来了一段华尔兹，他满脸的幸福似融化的巧克力，曾经幻想几百次的求婚真的发生时却又感觉那么不真实。

晚上我没有答应陪他一起共度良宵，回到家思绪万千，很久没有和林剑联系了，不知他现在如何？我拿起手机，拨通他的电话，接电话的是个女人，她告诉我林剑在洗澡。我礼貌地致完谢挂上电话。心想，他永远是个不会让自己寂寞的男人。

十分钟后，他回给我电话："然然啊！最近好吗？挺想你的！找我有什么事吗？"

"没什么事！就是好久没你消息有些想念你，怎么？又有新女朋友啦！"

"哈哈哈……对，刚认识不久，听说你的珠宝公司办得很不错，丫头，现在越发厉害啊。有什么困难就找我，记住永远不要和我客气。"他爽朗的大笑让我感觉如此温暖。

我告诉他我答应黄觉的求婚了，他沉默了几秒才说祝福的话，这次的通话让我们彼此感觉都很温馨，他开始慢慢拿我当亲人一般对待，话里话外都是挂念与关心，我觉得自己很幸运，能遇上这么多爱自己的人。

早上助理打来电话说上海有个珠宝展，珠宝协会发来邀请函让我过去参加。我确定了日程安排后让助理帮我订了机票。

陈蓉打来电话说今天是周末，每天待在封闭的医院头脑都缺氧了，想让我陪她去东湖公园走走吸收一下新鲜的空气。我说那就叫上她俩一起去吧，中午顺便去吃一顿水煮鱼。

十一月的武汉已有些凉意，阵阵秋风吹过，枯黄的落叶随风起舞，四季中我最喜欢的季节就是秋天，伤感、浪漫。我们四人一起感悟生活，漫步畅谈。

在公园的湖畔处我们竟然碰上了黄觉，他正陪同三个年轻漂亮的女人散步，我们一阵惊讶愕然。想不到他还有这闲情雅致，在我的印象里从我回武汉到目前为止我们还从来没有一起逛过公园。

而他的表情绝对也是十二分的惊讶，他身旁站着一个中年男人，我们因工作关系也算认识。他见到我满脸堆笑："卓总，大清早来公园散步啊！给您介绍一下，这是恒景酒店的老板黄董事长，他身边的这位美女就是他女朋友……"还没等他说完，黄觉已是大吼一声："老孔，你胡说什么？"

陈蓉她们三人张大了嘴巴，不知作何回答。对方三位女人一副得意傲慢的表情。我觉得生活实在是滑稽，还戴着他送的戒指，就碰见他和别的女人在公园散步。

我自嘲地笑笑，很意味深长地看了他一眼，扭头就走。

"然然，听我说。"他叫住了我。我回过头有些冷漠讽刺地看着他。

"事情不是你想的那样，我本来是想找个机会好好和你聊这件事的，却一直没有找到合适的机会，今晚好吗？我会告诉你整个事情的由来。"看得出他很在意我的感受，他是一个处事极度冷静的人，可现在他显然有些乱了方寸。

我什么也没说，抬头看了看万里无云的碧蓝天空。

"然然，真对不起，不知道今天会遇到这样的事情。"陈蓉满脸的愧疚之情。

"黄觉那么爱然然，今天这事肯定事出有因。"安静拉起我的手安慰道。

"我没事。咱们去吃水煮鱼吧，别因为这些破事扰乱我们的心情。"我装出一副无所谓的样子。

这顿水煮鱼我是没吃出一点味道，还要在她们面前装成一副若无其事的样子，只想快点结束这顿午餐找个安静的地方一个人待待。

电话铃响，是林剑打来的，他问我什么时候到上海参加珠宝展，我本来是订的明天下午的机票，但此刻却觉得内心有着特别难言的疼痛，我说要不咱们今晚一起飞上海吧！

我改签了机票，到上海时林剑已在金茂酒店等我，他给我订了一间靠江的行政套房，还特意让人买了新鲜的玫瑰插在房间，他依然记得我喜欢红玫瑰。看着这些漂亮的花，我的心情似乎没那么糟糕了。

"怎么了，然然，有什么不顺心的事情吗？看得出你有些心不在焉哦。"

我摇摇头说："没有，就是有点累。"

他怜爱地摸了摸我的头发，说了句："傻丫头，没那么简单吧。"

下飞机后我收到很多黄觉打来的电话，此刻我不想听他任何的解释，觉得累极了。

"和黄觉闹矛盾了吧！"他倒了杯橙汁给我。

我点点头又摇摇头："也许我们真的不适合在一起吧！似乎

总是情深缘浅。"

"那要不嫁给我？"他爽朗地大笑起来。

我躺在太妃椅上无力地说："行了吧，你比他更花心。和你在一起的女人除了得到钱没什么其他好处，本姑娘自己就是豪门不稀罕钱啊！"我懒洋洋的，没半点力气，也没心情和他开玩笑。

"怎么他对你不专一？"他皱起了眉头。

"谁知道是怎么回事，反正我觉得好累，不想这么多横生枝节的事情发生，只想要一份简单平凡的爱情。"

电话再度响起，是黄觉打来的，林剑不顾我反对拿起电话："我是肖林剑，然然现在和我在一起。当初我走时你是怎么承诺去疼爱照顾然然的，你看她现在这么不快乐的样子是不是很无所谓？我希望你不要等到失去才后悔遗憾！"我看着他像兄长一般的态度心里终究还是好受些。

晚上我们去酒吧喝了个痛快，回到酒店我已困得站不住，倒在床上就酣然入睡。第二天起得很晚，洗漱完毕化好妆已是中午十二点。我来到西餐厅时竟然发现他俩都在，我有些不安，可千万别再出什么幺蛾子。

我的担心不是没理由的，他俩都属于那种很有英雄情结的男人，两人在不同的城市都堪称风云人物，有实力也有势力。如果他俩较上劲那真是天大的麻烦了！

我悄然而至安静地坐下,以至于吓到正在聊天的他俩。"然然,起来啦!昨晚睡得还好吧!"林剑倒了杯绿茶给我。

　　我看了一眼黄觉,他满眼血丝,想必是昨晚没睡好。

　　"然然,我想你和黄觉一定是有些误会,刚才我们已聊过了,他是真的很爱你的,给他多点耐心。我和朋友约着去打高尔夫,你们慢慢聊啊!"他离开时拍了拍我的肩。

　　"想吃点什么?"他温情的目光让我不再那么想逃避他。

　　"你不是知道我喜欢吃什么吗?是不是要照顾的女人太多不记得了!"我慢条斯理说着这些不痛不痒的话。

　　他却并不生气,任由我挖苦他,等我酒足饭饱后他才说起这件事。

　　当年我的离去使他感到无比的伤痛,他满世界疯狂地到处寻找我,每天除了工作就是喝酒,抱着我的相片发呆,行越没办法只好打电话给他爷爷,老爷子专门从北京赶过来陪他一起走出那段难熬的日子。

　　一段时间后他不再像从前那般贪玩爱热闹,全部的心思花在事业上。女人在他生活中就如初春的韭菜去了一茬又是一茬。直到两年前他去商场视察时发现晓琳!

　　那时晓琳在浪琴专柜卖手表,一眼望去他觉得晓琳长得有点像我的感觉,一时竟然恍惚起来。而这个女孩突然见到个这么帅气大方的钻石王老五，自然是受宠若惊，百般顺从。

黄觉也坦言相告晓琳，自己对她的感情是因为她长得太像自己初恋情人，并且说明不能给她名分，他要一直等我回来。

晓琳也不计较，表示只要能和他在一起就好，并没什么过多要求，如果我回来了，她自然就会离去。

黄觉在高档小区给她买了套大房子，配了部本田的车。每月给她几万块零花钱，不明真相的人都以为她是他女朋友。

我有些惊愕，不太明白这种糊涂的爱，我对爱有着比较自私的理解，我不清楚这种替代的爱情到底有多醇厚与真实，当然有一点我是十分明白的，黄觉有足够的魅力吸引女人。对于家境一般的晓琳能碰上这样一位钻石王老五那是天大的运气。最起码少奋斗三十年吧！女人有多少个三十年的青春可以等待？

我回来的第三天黄觉就告知她我的归来，她伤心欲绝，自暴自弃，一改往日为迎合他故扮清纯状态，每天浓妆艳抹出入各大酒吧、夜总会，并与各种不同男人打情骂俏。

她的这种做法也许只是为引起黄觉的注意与关心，没想到却引起他极大不能控制的愤怒，要说刚开始他还有些愧疚，可当他看到晓琳如此不懂尊重自己后内心有的只是厌恶和反感。

见自己的这种行为不但没引起他的注意反而适得其反，晓琳干脆来了个割脉自杀，等待死亡的过程中，想想自己这么年轻就离开这个世界，太不值得。后悔地赶紧打电话给他。

各种手段方法使完后可能自己也觉得累了，她收拾完行李到苏州散心好几个月。那天我们在东湖公园见到他们是她刚刚旅行回来，她打电话给黄觉说陪她走走她都想通了，想和黄觉好好聊聊，之后才有了那天我们看到的一幕。

我端起咖啡叹了口气："为什么不早说呢？"

"害怕引起你的许多猜忌，害怕因此又要失去你。"他从对面站起来，坐到我身旁。

回想起和他认识到现在，我们的爱情总是充满这些迷离和坎坷，我自言自语地说："希望一切考验到此结束，愿一切如当初那般美好。"

他一直陪我到珠宝展结束，这期间我俩相处得非常愉快。似乎一下又回到当初那般的快乐，我幸福地享受这美丽的时光。

上海离我家不远，他提出想去拜访我父母，我没有拒绝的理由。爸爸、妈妈、继父、继母都很开心，他们像招待贵宾般迎接我们。

他的表现得到家人极大的认可，叫爸爸、妈妈比我叫得还亲热，我都不知道他何时背着我给他们每人精心准备了礼物。看着价格不菲的礼物父母们面露难色，推让着不肯接纳。

我咬了一口苹果，假装不在意地说："有什么好推让的，拿着呗。要是有人给我送礼物我高兴都来不及，哪还有时间推让啊！"大家呵呵笑着打趣也就不再推让。

回到家我俩也不出门，尽可能地陪父母，在这三天里他和父母建立极好的情感沟通，家里的每个人都认为我能嫁给他那是打着灯笼也难找的好夫婿。每个人都称赞他，数落我，比如从小给惯坏了，所以比较霸道、任性啦，当然这些话听似贬义其实不然，中国的父母是特别会说话的，看似批评的后面蕴藏着更深寓意，他们其实是想说，我们的女儿从小是宠着长大的，没受过委屈的，日后嫁给你你也只能多包容多照顾多担待，像我们一样疼爱她。

每到这个时候，他都会一副特别认真老实的模样，连连点头，连连称是，平日里这种样子是绝对见不着的，我在背后笑得喘不过气来。

这个时候黄觉的爷爷打来电话，我俩商量一下，决定飞往北京去看看他老人家。

来到这古色古香、幽静干净的四合小院，我对黄觉有了更深一层的认识，如今这个年头谁不会利用家中的关系给自己创造更多商业价值，可黄觉却没有，他身上没有一点纨绔子弟那些颓废不思进取的特征，他智慧、果敢、勤奋，如今的成就全是凭自己打拼出来的。

家中警卫员、医生、保姆个个都非常好，我们的到来给这个家添加了无限的快乐。老爷子一见到我就说："你就是那个抛弃我孙子跑掉的丫头？怪不得我孙子那么痴狂地爱着你，果然是个大美女啊！想当年你奶奶在你这个年纪也是好看得不得了呢！以后有什么委屈来北京和爷爷说，看爷爷怎么收拾这臭小子。可不许再跑喽！"一席话说得我满脸通红。

老爷子爱喝两杯小酒，吃饭时我主动提出陪他喝一盅。他高兴得像个小孩般快乐，并压低声音小声对我说："你看，我现在也没什么嗜好，就是想每天喝上两小口，这些护士看得好紧，幸好你们来了。呵呵！"

老爷子喜欢历史喜欢吟诗舞剑，喝酒时他又诗兴大发，随口吟道："河北江东处处灾，唯闻全蜀少尘埃。一瓶一钵垂垂老，千水千山得得来。"

我喝了一口白酒，摇头晃脑顺他的诗继续念道："奈菀幽栖多胜景，巴歈陈贡愧非才。自惭林薮龙钟者，亦得亲登郭隗台。"

老爷子吃惊不小："这可是《陈情献蜀皇帝》的诗，你也会背，看来你这丫头道行还不浅。"

我说爷爷啊！就许你爱好诗词赋，就不许我们看啊！

听完我的话，爷爷大笑起来，连说："好！好！这孙媳妇我喜欢，臭小子，你可千万不能再把她弄丢了。"

晚饭我们吃了三个多小时，爷爷兴致不减直呼还要再喝点工夫茶，这个难不倒我，在深圳待的那七年我早已对泡茶技术了如指掌。

老爷子高兴得嘴都合不拢，他突然话锋一转："臭小子，你很久没来看我了，这次不能只待两天就走哦。我喜欢这孙媳妇，冰雪聪明，还那么风趣。"

"爷爷，人家然然回武汉还有好多工作要做呢！我们……"

我打断他的话："不急，我也想陪爷爷多待几天。和爷爷聊天那是与智者的谈话，这种培训可是花钱都买不来的。"

爷爷哈哈大笑，一个劲地抱怨黄觉为何不早点带我来见他，我们爷孙三人其乐融融各种话题不断，最后在护士一再催促下爷爷才肯回房间休息。

第二天早上，爷爷见我俩从不同的房间出来，坏坏地看了我们一眼什么也没说，中午他找了个时间单独把黄觉叫了出去。

"孙儿啊！如今都什么年代了？你和然然相恋这么久还没那个呢！这好像不是你的作风吧！给爷爷说说，到底怎么回事！"

黄觉就把事情的整个经过告诉了爷爷，爷爷低头沉思，半晌才说："她是个难得的好女孩，在磨难中不但没有学坏，自暴自弃，反而奋发向上。不过这件事你不能顺着她的性子，你要知道，孙儿啊！男人和女人再怎么好，如果没有身体的接触那也不叫亲啊！你要让她无论在精神上还是身体上都依恋你，那样你赶都赶不走喽！"

晚上爷爷叫了好多人来家做客，大部分都是他的老部下，爷爷当着大伙的面把我夸了个够，爷爷说，我这孙媳妇不但长得漂亮，学问还深着呢！酒量那就不用说了，一等了得，昨晚就差点把我喝醉。

这下好了，我成了大家关注的焦点，按辈分我得给在座的每位长辈一一敬酒，大家又一一给我回酒。喝得我是浑身热气沸腾，豪气万千。

客人虽已走远，我却酒意未醒，非得拉着爷爷听我唱段黄梅戏，唱得他老人家靠椅入眠我方肯罢休。

我娇喘地问黄觉好不好听。他抱着我哈哈大笑，连连说："好听，好听，实在是太好听了，没想到你还会唱这个，真是让人刮目相看哪，你看，把老爷子唱得都入睡了，可见功底之深啊。"

我气恼地举起手就要打他，他顺势抱着我来到房间，看着我娇憨的样子，忍不住亲吻了我，要在平日或许我会拒绝，但今天不是喝了酒的嘛！一切都不由大脑控制了，不然怎会有"酒也，性也"之说！

他说此刻他想起一首诗，我勾着他的脖子撒娇地命令"念"：

"花明月暗笼轻雾，今宵好向郎边去。刬袜步香阶，手提金缕鞋。画堂南畔见，一晌偎人颤。奴为出来难，教郎恣意怜！"

"《菩萨蛮》啊！背得不错啊！"

他满眼的深情，目光中我看到星星点点的光晕染开来，我本想推开压在身上的他，可一点力气也没有，可恶的是我的身体却是在激烈地迎合他。

一晚的激荡缠绵加上酒精的作用，我一觉睡到晌午，醒来时他爷俩刚从外边散步回来。

爷爷满脸堆笑："然然啊！昨晚睡得可好？"他在一旁一脸的坏笑。我低头假装系鞋带："挺好，挺好！"

在陪爷爷的一个多星期里，我们都感觉非常愉快，临走时，爷爷送我个翡翠的手镯，他说这是当年奶奶最喜欢的一样饰品，他希望我能接受并好好保管。

出门前，爷爷站在院子中间看着我俩离去，他满脸的不舍与孤寂。一丝酸楚涌上心头，我说爷爷你和我们一起回武汉吧！我们会照顾你的。他拍拍我的头说："爷爷住北京惯了，这里有我的老战友们，离不开喽。"

今天是陈蓉三十岁生日，我们在恒景酒店为她庆祝生日。我精心在公司为她挑选了一套钻石项链和耳环。这是一套命名为"星光系列"的作品，寓意它能给女人带来无限的希望与幸运。

我穿了条 PRADA 淡金色真丝连身裤，配了一款最简单的抹胸，搭配漆皮泡泡中袖外套。因为下午公司有个会议，所以出门晚了十多分钟，加上下班路上堵车，等我到时，已经开始上菜了。

我连连说抱歉，赶紧拿出送给陈蓉的生日礼物。

见到我送她的礼物，她激动尖叫给我一个大大的拥抱。"太美了，然然。我好喜欢啊！"

安静马上不乐意了："不能这么势利啊陈大小姐！也没见你给我个拥抱。我这送你的这瓶香奈儿香水可是花掉了我半个月工资啊！"

"来吧！亲爱的！"陈蓉赶紧补了个拥抱给安静。齐浩今天穿了件白衬衣，外面套了件休闲西服，整个人看起来精神，利落。因好久没见，我赶紧过去和他打招呼。

黄觉拉开椅子让我坐在他身旁，不经意间故意贴过脸亲了我一下。

让我奇怪的是今天行越也盛装出席陈蓉的生日，百思不得其解，更让人诧异的是，他送给陈蓉的生日礼物竟然是一款限量版的香奈儿手提包。

直到陈蓉宣布她和行越已经进入恋爱阶段时方才醒悟，我高兴得拍手叫好，问他们什么时候开始的，我怎么一点都不知道。李萱赶忙告诉我，就是我生病那次，黄觉和他送我去医院时开始的。

我吃了口黄觉剥给我的虾，开心地说："保密工作做得不错嘛！"

这顿晚餐，大家兴致盎然，畅饮欢谈。由于高兴我多喝了两杯，自己开车回家是不可能了。他们一对对散场离去，就连李萱也被一个帅气的小伙子给领走了。

他一副幸灾乐祸的表情："你算算咱俩从北京回来后，一起见了几次面，吃过几顿饭啊！"

我眯着眼睛斜靠在沙发上："见过一次面，没吃过一顿饭。你看，我这不是忙吗？作为我伟大的男朋友，你要有同情、理解之心。我只是把时间花在工作上而已，我要赚钱养活自己嘛！"

"哦，原来你赚钱就是为养活自己啊！那你能把这份光荣的责任和义务让我来行使吗？"他用手托住我的下巴，不让我回避这个问题。

"我今天喝得有点晕了，亲爱的，咱俩说点好玩的事情行吗？"我撒娇扯开话题。

"好，听你的，那咱俩今晚就只做只说好玩的事情。"他一脸的坏笑。

"明天早上有个采访活动啊亲爱的！"想着每天安排满满的工作内容心情又不轻松了。

"不行，你今晚哪都不能去，结束完活动马上陪我回房间。"他蛮横霸道的语气没有丝毫的商量余地。

曲终人散，大家各自打道回府，想着明天采访的资料还放在家里，让他先陪我回去拿完资料再回酒店。一路上，他开始和我讨论婚礼事宜，对于婚礼这件事，我有自己的想法，经历这么多事情后，我认为最重要的就是两人心心相印、不离不弃。对于这种形式的东西真的反而不怎么在乎了，看着我漫不经心的样子，他摸摸我的头："又有什么新鲜花样，不会是不想嫁给我了吧！"

"是又怎样啊！"我斜着眼睛看了他一眼。

"那你恐怕是嫁不出去了，我黄觉不敢娶的女人谁还敢要？"

"不结婚更好呢，每天都可以换男朋友，天天都有惊喜，只谈恋爱不结婚多爽的事呀。"我沉浸在自己的欢乐遐想中。

他冲我坏坏地一笑："美得你。"

"停车！"我大叫一声。

只听见车急速刹车的摩擦音，我推开车门快速向行人林荫道跑去。

"小姑娘，你怎么了？"我扶起跌倒在路边的女孩，透过月光我隐约看见她的裤子上、地上有血的痕迹。

她痛苦的表情告诉我，她需要快速送往医院。黄觉赶紧抱起她，一路上我们的车开得飞快。我赶忙打电话给陈蓉，让她提前在医院门口等我们。

"小姐，你快把你们家人号码告诉我。"

她噙着泪水摇了摇头，怎么会没有家人呢？但此时已顾不得这些，诊断结果很快出来了，是宫外孕。她立即被送往手术室。

我忐忑不安地一直为她默默祈祷，希望她一切平安。多年轻的生命啊，也就刚刚二十出头吧。一定又是一个被爱情所伤的女孩。黄觉出去给我买了杯热咖啡，回来时陈蓉也从手术室出来了。

谢天谢地，一切平安！在医院的这些天，我让兰姐帮我照顾她，每天给她熬好汤送过来。出院那天，她来到了我的办公室。

"欣然姐姐，谢谢你救了我！"她满脸泪水，一下跪倒在我身旁。我赶紧拉她起身，让她靠坐在舒服的沙发上。

"你刚出院，身体还不是很好。"

"欣然姐，那些医疗费，我日后会慢慢还给你的。"

"那些倒没关系，只是你有什么打算和安排呢？"我放下手头的工作坐到了对面的沙发上。

"我也不知道，走一步算一步吧！"她叹了口气，无力地将头斜靠在沙发上。随后，泪水顺着眼角流了出来，她开始抽泣，我走到她身旁，拍拍她的肩。

"雯雯，没关系，一切都会好的。你看我能帮你什么忙吗？"

"欣然姐，你是我出来工作遇见的第一个好人，我想把我的故事讲给你听，我心里憋得难受。"

我点点头，倒了杯水给她。

"大学期间，我认识了一个男孩叫陈志祥，他和我在同一个系里，我们都是学文科的。他长得白净、俊俏，很受女孩的喜欢。

大学四年里，他一直关心照顾我，他家在农村，家里条件不是很好，但他为了能给我送盒巧克力，整整吃了一个星期的馒头。他说他为了我可以放弃一切，他说他一定会一辈子疼爱我、照顾我，不让我受一点委屈。

"快毕业时，我带他回我们家，我早就知道我妈是不会同意我们在一起的，因为他穷。而我妈呢，可能是全世界最贪心的母亲了。因为她的势利、贪婪、无知的性格，导致父亲在我五岁时便和她离了婚，她一直不肯把我的抚养权给我父亲，因为她非常明白，我是她唯一可以利用敲诈父亲的工具。

"父亲有钱，也很疼爱我，可他早就受够了母亲一次又一次的敲诈与欺骗，终于在我上大三的时候和那个漂亮又善良的继母去了澳大利亚生活。我母亲把她从父亲那以我的名义敲诈回来的两套房子、车、现金全改写成她自己的名字。

"她说，她把我拉扯这么大非常不容易了，让我赶紧上完大学找个有钱人嫁了，将来也好报答她的养育之恩。

"父母是没有办法选择的，我就在这样一个不健康的环境中长大，我也想快点长大，快点逃离这个家。志祥的出现让我看到希望，虽然他没钱，但我们还年轻啊！我们可以去奋斗。人的生活哪能以金钱衡量呢？就像我母亲，她比一般人的母亲都要富有，可是我却觉得她很可怜，没有人爱她，她也没爱过任何人，所有的事情只有转变成钱才是靠谱的事情。

"她不同意也没关系，我早已做好准备。

"毕业时我说我要嫁给志祥，她像疯了一样与我大吵，骂了很多不堪入耳的话。最后她说，如果你敢嫁给她，我就断了和你的母女情，而且一分钱也不会给你。

"我听完，笑笑，回房收拾我的行李。

"第二天，我就和志祥从江西来到了上海，在那里我们经历了生活中最艰苦却是最快乐的一段日子，没钱的时候我们一天只能吃一个馒头。但他总是会逗我开心，给我无限希望，他说他一定会赚钱给我买套大别墅，大到在里面可以骑自行车，会让两三个阿姨侍候我，逛商场时想买什么就买什么。

"可是这种日子在维持一年后就被彻底打破了。他认识了一位有钱的小姐，虽然这位小姐有时会出现精神上的不正常，听人说也是被男人给伤的。但她爸爸非常富有，而且就只有这么一个女儿，见女儿由衷地喜欢志祥，不忧郁也不再闹自杀，心里特别高兴，尤其看到小伙子人不但长得俊俏，还聪明勤劳，不由得喜上加喜，三个月的时间，两人便举行了婚礼。

"我以为自己是在做梦，直到他冷冷地说，就这样吧！我厌烦了这种贫穷的日子，咱们好聚好散，你也找个人嫁了吧！

"直到他拉门准备走时我方才反应过来这是真的，我死死地抱住他，哭得上气不接下气，我说我怀孕了，你不能这样抛弃我和孩子不管。

"没想到他竟然给了我一耳光，说我用这种卑鄙的手段太不道德了，说我要是敢破坏他的好事，他会让我好看。我看着眼前这个曾经海誓山盟、温柔体贴的男人此刻为了他所梦想的好日子对我所展现的面目狰狞让我感到无比好笑。我撕碎他留给我的就如同打发乞丐般的支票，狂笑不止！那时我才明白，原来真的有心碎这个词。

"继续待在上海对我来说是一种折磨，我选择了武汉，因为在我七岁那年我和我父亲来过这，这座城市是唯一能让我感觉有些温暖的地方，之后就遇到了你们。

"看来这个城市才是我要待的地方，欣然姐，你能留我在你公司做事吗？干什么都行，只有能和你在一起！"

"也好，现在公司扩张快，也需要人手，你先到店里从销售做起，等熟悉之后再做安排。"

雯雯激动地过来紧紧抱住我，一滴冰凉的泪水滑进了我的脖子，她又流泪了，这孩子承受了不属于她这个年龄的悲伤。我想我应该好好照顾她！

成都有人想加盟我们的格蕾茉，我和公司的高管们前去考察，路上就接到黄觉的电话，得知我要出差，他嘱咐我一路要照顾好自己，回来时提前告诉他好去机场接我。

工作进展得很顺利，加盟商的各个要求也很符合公司的规定，我们比预期早一天离开了成都。我没有给黄觉打电话，想给他一个意外的惊喜。

回家赶紧梳妆打扮一番，兴奋十足地奔向恒景酒店。办公室没人、房间也没人。不应该啊！想想都晚上十二点了，就算应酬也该回了吧！算了！我到咖啡厅等等他吧！

靠窗的那个不是他吗？我向前走了几步，是的！没错！是他！他正在帮一个女人戴项链，那个女人竟然就是我在公园遇见的那位他称呼为晓琳的女孩。一股怒火涌上心头，不是说已经结束了吗？为什么却偏偏会在我出差时在一起，还有如恋人般亲密的举动。

我没有立即转身走开，为什么转身走开的人总是我？我就这样冷冷地看着他们走近他们，我甚至觉得我嘴角有丝丝的冷笑，他们回过头惊愕地发现我如天外来客般地站在他们身旁。

"欣然，你怎么回来了？不是说打电话给我让我去接你的吗？"我能感觉他的紧张。

我扮出一副妩媚高贵的神情："不用了，大家都挺忙的，要是打扰了老板约会的好心情我可担不起啊！您慢慢聊，我先告辞。"我抬着下巴朝那个女孩看了看，她十分不自然地把头扭到一旁，装作看窗外风景。

"不，我们已经说完了，你随我来。"不等我回答，他就用力地拽着我的手上电梯，在他的员工面前，我要留给他面子，我没有表露一丝的不高兴，而是径直随他走向他的房间。

我没有像往常那样遇到任何不开心的事情时，总是以沉默去抗议我的不满。来到房间，我使劲地甩开他拉着我的手，像个爆炸的手榴弹，这些年来的所有怨气、不满全部变成了冰冷刻薄的利剑！

我气急败坏地吼着："黄觉，你就是个彻底彻尾的只知道欺骗女人感情的大骗子，我再也不想受你欺骗了，从今天开始，我们各不相欠，永远不要见面！"

"欣然，事情不是你想的那样，你听我解释。"显然他被我这副连我自己都不认识的模样给吓着了，他过来想抱我，安抚我的情绪。我粗鲁地推开他，拿起沙发上的包准备离去。

"黄觉，如果你还是个男人，如果你还对我有些许的爱意，请你离我远点，永远不要来打扰我，我已经受够了这种愚弄与欺骗，我发誓我不会再爱你了！"实在是伤心气愤极了，强忍的泪水还是涌了出来，我取下那枚戒指，放在了茶几上！

他被我的话激怒了："好，你走！既然我在你心中是这样一个不值得相信的男人。我放手，不再去打扰你。"我看见他眼眶的泪水被强忍着退了回去，憋得通红的眼睛充满了愤怒与伤心。我没回头，径直打开门，离去！

回到家，我像是生了场大病的感觉，虚弱无力、头疼心伤。兰姐问我怎么了。我连强装的笑容也没给她一个，我面无表情地说，我心痛极了，因为我爱的那个人没了！

我一个人回到了房间，留下替我担心的兰姐，半夜我听到她几次站立在门外细心观察我在房间的动静。我笑了，我不会为这样一个不值得我爱的男人去殉情，我要开心快乐地好好活着，让他知道，没有他的纠缠我是如此快乐与幸福！

实际上，我过得一点也不快乐，虽然参加各种活动应酬但还是感觉孤独，脑海中总是浮现他的样子，只能加强自己的工作量，不让自己有丝毫想他的时间。这些日子我实在是累极了，感情的折磨、身体的透支，让我疲惫不堪。

兰姐总是以她默默的行动关心着我，让我感到这个家的温暖。她给我放了满满一缸水，上面还撒了些新鲜的玫瑰花瓣，水面上顿时浮现一股淡淡的玫瑰花香。

泡完澡心情和身体都感到舒服许多，我送给兰姐一个浅浅的微笑。

门铃响了，是陈蓉她们几个！想必她们早已知道这件事情，这样也好，懒得再费神和她们解释。

兰姐给我们泡了壶花茶，端来水果。而我此时却想喝点酒，不是想借酒消愁，我从没这爱好，也特瞧不起这样的做法。认为只有失败的人才会这样逃避问题，但此刻就是想喝点。

开了瓶滴金酒庄的贵腐酒，四人慢慢地聊起来。

"我不是想替黄觉说话，欣然。你真是误会他了！"陈蓉提到这个问题，大家都默不作声，小心翼翼地看着我。好像我会突然得疯牛病般抓狂起来似的。

我笑笑："是行越告诉你的吧！他当然会替他老板说话，他又没亲眼看见，如何知道我是误会呢！行了，这些事我不想再说了，没意思极了。"我大口地喝下杯中的酒。

"欣然，你真的能忘记他？如果可以，你为什么七年后还要回来？难道你真是舍不得这个地方？为什么不听陈蓉把话说完呢？"

"是，我是放不下这段感情。可是你们看，这么多年，我耗费大把的时间得来的又是什么呢？他一次次的谎言让我觉得自己失败极了，我无视大把优秀的男人为我付出的真感情，却偏偏要在这虚伪的爱情里苦苦挣扎。我累了！想彻底放手，想尝试新的爱情。作为好朋友，你们应该祝福我才对！"

"可是我认为黄觉是真的很爱你！这么多年来，他一直没结婚，可见他是放不下你。"从安静清澈真诚的眼神中我知道她是真的不想让我们分开。

"是啊！欣然，这本就是一个误会嘛！黄觉怎么可能会喜欢一个卖手表的小丫头呢！"李萱也忙着给他解脱。

"按你们这么说是我有问题喽，我应该无视他种种背叛的真相，只因为他有钱且帅气是不是？像这样的男人你们认为做女人的就应该迁就他对不对？"不知从何时起，我的闺中密友竟帮着他说话，我有些生气。

大家都沉默不语了，第一次我们四个人在这种沉默中结束谈话。

黄觉有来找过我，我的客气让他很无奈很受伤。公司的状况倒是越发的好，我打包行李一人去了法国度假。除了公司的事其他人打来的电话我均不接，我就想这样一个人安静地四处走走，抚平心中的伤痕。

回国时我烫了栗色的大波浪，穿着低胸露乳沟的连衣裙，网状的高跟鞋看起来十分具有诱惑力，戴着一副香奈儿山茶花大墨镜，回头率极高！

远远地我就看见了她们三个来接我，不，应该是五个人，多了行越和他。

一部车也坐不了这么多人，我和黄觉单独上了另外一部车，这次他没让司机驾车，车上就我俩。车里放着陈奕迅的《十年》，我们谁也没有说话，空气就这般凝固着。

"这次出去度假玩得挺开心吧？"他打破了僵局，想缓和一下车里的气氛。

"是啊，非常不错，去了很多地方，见了很多人，有了很多感悟。你呢？最近一切还是那么春风得意？"我轻松自如的态度让他觉得很不自在。

"未婚妻都跑了，有什么可得意的！"他一脸的自嘲。

我拒绝她们想去恒景为我接风的好意，实在是太累了，就想回家好好洗个澡后美美地睡一觉。

这次，他也并未提出送我上楼，帮我把行李拿上去之后他就知趣地离开了。蓦然，我倚在窗口看见他倚靠在车前，昏暗的灯光晕开他的身影，黑暗、冷寂，他抽着烟，昂头看着我家的窗户，有时也会仰望天空，默默地吐出烟圈。这一刻，我觉得他是如此寂寞、冷暗。

公司一切都正常，每天没完没了的培训、出差考察地址和商场，不停地装修开新的店。其次就是不停地参加各种采访和节目录制，经常累得回家倒头就睡。

又是一个周末，陈蓉和行越出去打网球，李萱到上海参加一期美容学习班，安静要在局里值班。在被子里窝到十一点才起床，吃了点不算早餐的午餐倚在窗前看着外面阴郁的天气。

突然很想开车去郊外散散心，拿起一件外衣直奔停车场，车里放着蔡琴的音乐，低沉缠绵与这乌云滚滚即将大雨来临的天气很协调应景，加速超车，路旁两边的大树和周边的油菜花忽闪而过。

闪进一条满是油菜花和麦子的小道，看着拿着锄头叼着烟悠闲走路的农民兄弟，忽然想将来老了就在这买块地盖间小楼房，每天闻着花香和泥土的芳香悠闲自得地生活，我闭着眼睛，沉浸在自己美好的遐想里，完全不知他站在我身旁。

我睁开眼睛发现黄觉正目不转睛地看着我，我有些不好意思，刚才一片游神的模样一定被他看见了。

"嗨！你好！"我也不知怎么突然就说出这么陌生的招呼方式。

"很巧，在这遇见你，一大早我就来这了。"

我低头看了一眼他满是泥巴的皮鞋，不知该如何接他的话。

"可以一起走走吗？"他抬头看着我。

"好啊！反正一个人闲着也是闲着。"我俩沿着小路并肩走着，有一搭没一搭地说些无聊的事情，这种感觉挺奇怪，熟悉却又陌生地聊着天，不多时的日子里我俩还成天抱着一起腻歪如今却比陌生人还客气，觉得心里堵得慌，我开始沉默。

"好怀念曾经的岁月，那时的我们是那么的快乐和简单，你那时的笑容比这春天还叫人温暖和舒服。"他点燃一支烟，好像心情也比较沉重。

"是啊！那时的我真的很快乐，一点开心的事就能让我高兴好几天，那样的日子再也回不去了。"我闻着菜花香自言自语道。

不知不觉，已经走出很远，天空开始落雨，我俩开始往回走，雨点开始越来越大，夹着狂风，他脱下外套给我披上拉起我的手拼命地奔跑，气喘吁吁终于跑回车里。头发被雨水淋得像落汤鸡，看见我们这样狼狈的模样我禁不住笑了。

"咱们各自开车打道回府吧！"我转过头目光含笑地看着黄觉。

发动，踩油门，一路泥巴飞溅。陈蓉打来电话，约着晚上一起吃饭，看看时间已经是下午四点多，回家洗个澡换套衣服刚好合适。

赶到老四川火锅店，他们几个正在排队，因为这家火锅店没有包厢也不接受预订，所以经常需要排队等候。看着地上脏兮兮的黑水，我简直一点食欲都没有了，黄觉提议到酒店去用餐，他让厨师给我们做小火锅吃，大家纷纷举手表示同意。

好久没吃火锅，心里老早就惦记着，从上菜开始我就一个劲低头猛吃，一句话都没说，突然发现气氛有点不对劲，大家都静静地看着我。

"怎么啦？出什么状况了？"我感到莫名其妙为何我突然成了大家关注的焦点。

"安静和齐浩，陈蓉和行越准备要一起结婚了，问你要不要一起加入？"李萱瞅着我说。

"这又不是买二赠一，还顺带的。再说，我现在都还没找到要和我结婚的人呢！"说完这话，大家更加安静了，都不自然地看了看黄觉，他看了我一眼什么也没说。

"黄觉你不考虑和你乖巧又可爱的晓琳姑娘结婚吗？"此话一出，我心里有报复的快感。

"还别说，我还真有点想呢，她乖巧、听话，起码做了老婆也不用成天讨她欢心，不像那些大牌美女，财富、聪明、美丽集一身，难伺候啊。"他竟然也不让我，直接上来PK。

"那我就祝福你们白头偕老，永结同心啊！"我端起一杯啤酒一饮而尽。

大家都默不作声，看着黄觉一脸的忧伤我总算舒服多了。

李萱提议吃完饭一起去唱歌，我说你们自个去吧，我今个喝多了，免得等会发酒疯，然后一个人就自顾自地回家了。回想起他在饭桌上说的那些话，我气就没地方发泄。换了套运动衣下楼跑步，一不小心，撞到人，回神一看，真是冤家路窄。

"深更半夜的你在这瞎晃悠什么呢？"看见他我就更来气了。

"明明是你大半夜地在这瞎跑，到处吓人，怎么就说到我了。"他真是太放肆了，不但不让着我还敢指责我。

"你又不住这，大半夜地来这瞎晃悠还指责业主，我要打电话给保安请你出去。"

他递过手机给我说："好啊！你可以随时电话保安，不过我来到这不是瞎晃悠，我是来检查小区的安全工作的，你还要打电话核实吗？"

我又忘了这个小区是他开发的，物业也是他们公司旗下管理的，知道和他说这些无意义了。

我举起双手，做暂停的状态："好了，我回家了，我认输！"

"下个月陈蓉和安静她们同一天婚礼，你准备什么时候嫁给我？"他一脸无耻样，全当什么都没发生似的。

"下辈子吧！"我懒得和他啰唆。

"好啊！我等你！"

上班的路上接到公司财务经理的电话，说税务局的人查账，说我们的税务有点问题需要罚款。

我听了气就不打一处来，作为国家的服务部门，成天狗仗人势摆出一副高高在上、不可一世的模样。没事就在你那东查西查、找出一些因为业务不熟练造成的不符合他们规定的小疏忽，无论你如何和他们解释就一句话扔给你，我们按照国家规定办事。有时真想回敬他们几句，国家规定让你们吃、喝、拿纳税人的钱了吗？

看来真的得约他们的头见见面了，下面这些专员一个接一个来扰乱你的工作，光应付他们的时间都不够用了，没有任何业务指导，天天盯着你的小疏忽，找到一个就大张旗鼓地做文章，真是让人心里憋屈。

第二天晚上王子饭店，他们头带着一帮下属过来了，我们是众星捧月、百般恭维，我都佩服自己说出来的那些恭维话游刃有余，好不脸红，难怪黄觉说我变了，这些世俗的变化都是在不知不觉中改变，但总算还好，自己属于知世故而不世故的人。

大家推杯换盏，好不热闹，自从出来在商场滚打，陪领导吃喝玩乐就是工作最重要的一项。表面上说，他们是人民的公仆，其实我们才是他们的仆人。作为商人如果不顺应这些环境可能就只能关门大吉了。

吃完饭自然是要到夜总会唱唱歌的，中国的商人真是不易啊，白天累死累活，晚上还要当三陪。领导拉着我的手说个不停，自始至终地夸奖，没想到格蕾茉的老板是一位这么年轻且漂亮的女企业家啊！这身材这气质绝对比世界小姐还美啊！看着都觉得赏心悦目！看到这阵势，助手雯雯走过来坐到局长身旁，面色温柔、语言甜美地说："领导，您看我们今天出来也没准备什么礼物，也知道您什么也不缺，这颗钻戒代我们送给嫂子吧，您可一定不要推辞，这可是我们老板亲自挑选的，礼轻情义重哦！"经过这段日子的培养，雯雯表现得特别成熟，她做事仔细认真、悟性也好，很得公司同事的喜欢。这番话说得领导眉开眼笑："哎呀，卓总公司怎么个个都是这么漂亮又懂事的姑娘啊！你的下属个个都赛过明星啊！既然都这么说，那这个礼物我就收下了，你这个朋友我也交定了，以后有什么事情尽管开口，不要客气，能办的事情我一定会不遗余力。"

有人唱起了《甜蜜蜜》，局长站起身来，邀请我共舞一支，大家纷纷鼓掌，跳舞时局长搂得我透不过气来，不停地在我耳边低语，你真是太迷人了，谁会有这么好福气能娶到你呢？

突然发现局长的眼神定格在门旁，然后他放开我，径直走去，边走边说："老弟啊，你怎么也在这唱歌啊！来来来，给你介绍个大美女，老哥我好久都没见过这么有气质文化的美女啦！"

真是阴魂不散，怎么上哪都能遇见他，他走到我身旁，搂着我的肩膀说："老哥，这次是我不对啦，这么长时间都没带然然去你家拜访你和嫂子，她是我未婚妻，卓欣然！"

此语一落，四处惊然，尤其是领导，他张大嘴，只会一个劲地说噢、噢。当然我也不想在这样的场合和他抬杠，免得旁人误会我俩是在打情骂俏，还有一个重要原因就是别让什么人有机可乘，出门在外女人最应该懂得保护自己。

结束完 K 歌，黄觉嬉皮笑脸地走过来说："卓大美女，能赏光一起去喝个粥吗？"喝了一肚子酒，还真想喝碗蓝莓椰果粥！

"税务上有什么麻烦的事情吗？还真拿我当外人了？真有能耐，在我的地盘都不用我罩着宁可自己当花瓶摆平。"

"你什么意思？谁要拿自己当花瓶去摆平事情了？"

"哈哈，如今美女好办事，你只要往那一坐，一定都是领导过来讨好你了吧！要是猜得不错，今天那个局长一定是紧紧地抱着你跳着舞吧！怎么样，很享受这样的感觉吧！"

"黄觉，你说话别太过分了！我兢兢业业地工作、自食其力地生活没有什么不对的！"

"当然有，你有伤到我，我不喜欢看见我的女人陪其他男人跳舞。"他语气厚重冷漠。

"我已经和你分手了，所以也不是你的女人，我自己想做什么都可以，用不着你管！"

"是吗？那你试试看？你试试看你想做什么就做什么给我看看！"

"无赖、流氓。"

"都是因为你给逼的，从来我都是让着你、宠着你，结果怎么样，结果就是你根本不拿我当回事，说分手就分手、说离开就离开、就这么窝囊被一个女人折磨得成晚睡不着觉、时刻担心着她。"明显他心情非常糟糕!

"走,今晚到我酒店,去你家也行,我们必须把这事给了结了!"

"我和你没什么好说的,我们已经分手了,大家互不相欠。"我打开手提包找车钥匙。

他拉着我的手不让我驾车离去,我使劲一甩手,他没拉住,借着惯性和高跟鞋的不稳,我连连向后退步,只听见大家齐声尖叫,只听见一阵汽车猛地刹车的声音,接着,我被重重地撞了出去,就在那一瞬间,我看见他眼神里充满着无限的恐惧,这样的恐惧一点点在我眼前放大放大直到眼前黑黑的什么知觉都没有了!

感觉自己像被关进一个黑匣子,动弹不得,想睁开眼睛却怎么也睁不开、想说话却发不出声音。但我能感觉到一片混乱,我听见很多很多人的声音。

"她不会有事的,她一定会没事的,然然快醒醒!"

"呼吸困难,赶紧上呼吸机。"

"血压偏低、心跳减慢、主任,该怎么办?"

这一觉睡得真是长,睁开眼睛已经是第二天的下午,太阳透过白纱窗投来暖暖的光线,口渴得不行,小声地喊道:"有水吗?我好渴。"

"有，有。"我看见他双眼通红，兑好温水喂给我喝。

我用手摸摸自己的脸，还好，没什么问题，抬抬腿，很疼，但能动。一颗心放下来，还好，没什么大问题。自己转念一想还能考虑到这么多估计也还没被撞傻！

大伙都在，突然感觉能活着真好，黄觉紧紧地握住我的手什么话都没说，我知道他内心一定很自责。

在医院观察了两天，这两天都是他陪着我，一步也不曾离开，也没那痞子劲了，满眼满身都是温柔，就像当年初见时的他。他的这份温柔、担忧融化了我心中的愤怒，我知道那天晚上他一定是吓得要死，我看见了他眼里的害怕，这么些年，我从未见过他那样的眼神，那一瞬间，我知道他是深深地爱着我。我靠在他肩膀上安静地听他给我解释那晚我从成都回武汉看到他和晓琳在一起的原委；他说如果这次我活不了他也实在没有活下去的念头了；他说这么些年来，他只爱着我，谁也走不进他的心。

时光静好，只想与君老。一场意外的车祸反而化解了我们之间的误会。

第三天，见我没什么大的问题，就出院了。腿上被刮伤的皮肤还没好，一走路或者一见水就疼得难受。

我说你工作这么忙，真的不用成天陪着我，我有兰姐照顾，再说一点皮外伤也没什么大不了。

他坚持每时每刻都陪在我身边，说什么也没我对他重要。

休息几日腿上的伤口已无大碍，正在家喝着兰姐煲的汤，接到安静的电话，说让我去她单位陪她一起吃饭，她今晚值班无聊得很，我拿了车钥匙就往她那奔。

"让你这个美女企业家陪我吃盒饭不觉委屈吧！"

"知道委屈你还不请我去吃大餐，讨厌！"我俩没事互相逗着嘴。

刚吃完饭，安静的同事突然也来办公室了，一脸的无奈和烦躁，问起原因原来是和老婆吵架了，没地去，只好来单位躲躲清闲。他让安静今天回家睡觉他来值班，我俩安慰他一通，赶紧撤了去逛商场。

还没逛尽心呢商场却到点要关门了，安静打趣说："电话给黄觉呗，让他给你延迟两个钟头啊！"

"去你的，我能是那样的无知妇人吗？好歹我也是知书达理、高贵娴静的大家闺秀啊！我只能让夫婿以我为荣，怎么能让他难堪呢！"我俩互相调侃打趣哈哈大笑。

刚驶进安静他们小区住宅就听见有个年轻的女人在那儿谩骂，我摇下玻璃窗想看看发生了什么事情，身旁的安静突然急了，忙说停车，她迅速地打开车门大步跑了过去。此刻那位骂人女子的身边已围观了很多人，她的对面站着一位大约四十好几的中年妇女，衣着简单俭朴，素面朝天，因为对方的谩骂激动得却不知如何回嘴。一位身材有些发福的中年男人不停地想拉着那位年轻的女子走，但此女子蛮横十足，根本不听他的劝告和阻止！

安静一个箭步冲上去，护住了那位中年妇女，挽起衣袖指着那位年轻的女子说："见过不要脸的，没见过你这么不要脸的，一个小三竟然还好意思跑到人家里来闹，这都什么世道了！"年轻女子没想到半路杀出个帮手，更加蛮横无理，大声地喊骂道："关你什么屁事，这个讨厌的老女人死死霸占我的男人，你看那个丑样衰样，如果我是你早就一头跳进了长江水，免得在这招人厌。"

围观的人大致也听出了什么原委，安静指着年轻女子说："你这个恬不知耻的小三，不分贱耻，竟然无耻到这样的地步，大伙给说说，这样的人还能如此趾高气扬。"围观的群众纷纷指着年轻女子骂起来，话语极度不堪入耳，一位胖胖的老大姐还从篮子里面掏出刚买的青菜扔过去，嘴里还念念有词地说："该死的小三，让你们这样猖狂，谁没有年轻的时候啊！谁没有漂亮的时候啊！有人生没人教的坏子……"

年轻女子见众怒难以招架只好骂骂咧咧地走了，中年男子不知该跟她走还是该留下来陪他的妻子，正在为难犹豫之时年轻女子大声呵斥道："今晚你要是敢回去和这个老女人在一起我就死给你看！"中年男子看了看安静极度尴尬的表情，也讪讪地离开了！

围观者纷纷安慰起这位大姐，七大姑八大姨的你一嘴我一句很是起劲，我觉得他们同情的外表下隐藏了一些得意一些笑话，似乎很庆幸这事情没摊在自己身上，所以个个兴趣盎然，还有人借此说起了笑话。

我默默地拉起安静和那位大姐走开了，我们走进小区里找了个石凳坐了下来。大姐叹了口气，哀怨地说："安静，让你们见笑了！你是不是觉得我活着很窝囊很无能？"

"没有！是那个女人太不要脸了。张姐我知道您都是为了壮壮，您希望能给他一个完整的家，希望他能安心地完成学业，真是没想到这个女人如此跋扈，也不知赵队怎么这样纵容她，您想开点，为了孩子。"

"这么些年来，明知道他在外有情况，一直装着糊涂，希望他只是一时犯糊涂，想让他自己能慢慢想清楚，能回到这个家，看起来我是错了。看起来我是真的应该给他自由。"

在安静的述说下我才明白事情的原委，这个赵队是市扫黄队的队长，权力很大，是很多酒店夜总会想巴结的对象，三年前他们局宣传科分来一个女孩，就是刚才的这位姓朱的女孩，她年轻漂亮很有活力，没多长时间赵队就被她吸引，对她几乎是有求必应，好得不得了，弄得局里人尽皆知，大家也都装糊涂不去惹这蹚浑水！

男人为什么都会在四五十岁最成熟的年纪犯感情的糊涂呢！因为每天的朝夕相处已经没有激情？因为时间的冲洗对曾经的爱人已然陌路？你说婚姻到底是幸福的结束还是悲剧的开始呢？

回到家突然间很想念林剑，拨通他的电话传来一声十分温柔好听的女人声音，下意识看看手表，已是晚上十一点，刚想道歉结束这通电话时对方已经回过话来："你就是欣然吧！林剑最关心在乎的人，虽然我们没有见过面但我对你已经很熟悉。"

"不好意思，这么晚一定是打扰到你们休息了吧！我没有什么事情，就是很久没和他联系想知道他的情况。"对方的一段话差点让我不知怎么回答。

"他生病了，在医院接受治疗，他腹部有块肿瘤，医生担心是恶性肿块，明天进行活检，虽然他没有给你电话，但我知道他心里一定是想你能来陪陪他的。"

"我会坐明天最早一班的飞机去深圳！"

病房里堆满了鲜花和水果，突然的到访，让他很开心，他问我怎么突然来深圳，我告诉他我想他了所以就来了，难道这个还需要原因吗？林剑满脸的幸福笑眯眯地说我还是这么调皮。第一次我见到了她，这个温柔娴静的女子。我竟然在他眼睛看到了他对她的依赖与满足，但他还是那样放荡不羁地介绍说："美悦，现在的女友，能不能转正要看她的表现。"她竟然也不生气，只回给他一丝甜美的微笑，这一刻我就能印证，她就会是他日后停泊的港湾。

结果让人很安心，只是个良性的肿块，切除就可以了！那一晚两个女人安顿好他坐在医院的走廊里聊了一个晚上，她对生活的安静、豁达很感染我，有些人相处很久彼此也走不进对方的心里，有些人就那么几句话就让你如逢老友知己。我说美悦你会是林剑最后的停泊处，我希望你们幸福快乐！

上飞机时收到美悦的短信："能与你相识已然是如此幸运，我终于明白他为何处处在乎牵挂你，无论你在什么样的环境始终都能保持一颗爱人之心、知世故而不世故，如果可以，希望能成为你的好姐妹！"我躺在飞机的座椅上暖暖地睡着了。

下飞机收到林剑的短信："丫头，我们彼此就是对方的亲人，想起你就觉得很温暖！"人们都说男女之间没有真正的友情，我想那只能说彼此还不是真的爱过，把你的心交给真实的自己、豁达、感恩、珍惜，明白人与人的每一次交集都是上天给予最好的礼物，我们才会真的放下，才会真的如亲人般相爱，但很多时候人们往往会被仇恨、自私、嫉妒、占有欲侵占，留下的就是越来越不会去爱，直到最后丧失爱的能力！

公司最近的业务发展得很快也很顺，短短的一年多已经在全国各地最高端的商场开设了几十家店，下属们也比较得力，对于管理我基本采取信任状态，总是发掘他们身上最美的地方，人不会因为长大就不需要鼓励，相反在鼓励和信任的驱动下大家更加团结更加成熟，再加上我总是在各地聘请最优秀的培训师给他们补充知识，每个人都能在工作中找到自己的位置，公司的文化、价值观以及氛围都是老板营造出来的，没见过老板是个蛮横不讲理的而员工素质会很高的，也没见过老板不注重细节和服务的而员工会很重视的。在埋怨下属没有做好的同时老板应该先检验自己的思想和行为。黄觉同志经常开玩笑说我更适合做一名培训师，想起他突然记起他似乎已有好些天没和我联系了，刚想发个短信给他时有人敲门。

人力资源总监进来给我汇报最近公司人事安排的一些问题，同时也很认真地和我说了说雯雯的状况，在最近的一个多月雯雯似乎看起来心思沉重，工作经常出问题，在我去深圳的上个星期她竟然把我们与客户合同三百万的金额写成了三十万，幸好被副总发现及时更正。

中午我找了个安静的西餐厅约上雯雯和我一起午餐，刚开始她一直默默低头吃饭，在喝了点红酒后才慢慢酝酿好情绪，她告诉我陈志祥在一个多月前过来找她了，他说他还爱着她，根本忘不了她，他和现在的妻子结婚只是为了自己的事业和理想，他一点也不爱他的妻子，但他目前还需要得到岳父的支持所以不能和她离婚，希望雯雯能重新回到他身边。

"你不会是真的相信他的话吧？你觉得像这样一个见利忘义、背信弃义的人的谎话你也能相信！雯雯，你现在的生活状态不是很好吗？为什么还要让自己往这错误的洞窟里跳？"

"我觉得他不像是说谎话，他那天抱着我痛哭流涕，再说，他现在什么都有了，我身上又没什么可图的了，我想，他肯定还是爱我的，心里还是放不下我的。"雯雯没有底气但很想为他辩解。

没什么可图？也许他是图内心自我膨胀感、也许他是想让他曾经的女人看看他如今锦衣玉食般的生活同时满足他自私自利的虚荣感！我面前的这个傻女孩，她竟然还能相信这个男人的谎言，我的任何话语她已经听不进去，她心里面已经荡漾着和他美好未来的旖旎。

晚上一个大款同学请客吃饭、唱歌，多年不见还是要精心打扮一下，挑了件范思哲的绿色长裙、盘了个奥黛丽·赫本的发型，镶嵌着绿宝石和红宝石的流苏状耳环在耳边来回摇曳很是闪亮，学生时代得到最多的夸奖是漂亮，如今这样的夸赞已转变成迷人、优雅的词语，或许这也是成熟的代名词了吧！

紧赶着赴宴仍然还是最后一个到场，同学们已经在"夜朦胧"夜总会等着我，男同学一拥而来："大美女，几年不见怎么越来越迷人了呢？当年你从了那个有钱的男朋友害得我们班的男生颓废了好一段时间呢！"

"去你的，你才从了呢！几年不见，油腔滑调倒是学会不少！"我打趣回应。然后女同学们也纷纷围过来，拉着我上下打量。

虽然大部分女同学也都精心打扮一番，但看起来已然有中年妇女走向，衣着的搭配都是中规中矩的老式职业装，项链、耳环、戒指、手表都戴的齐齐的，看着就知道很重视这个聚会。

在大家的拥簇下我们来到了最大最豪华的一间包厢，里面摆满了自助食物，大家可以一边吃一边聊天一边唱歌。这个大款同学在读书时真是一点都不起眼，如今生意做得顺风顺水，以前那些个不把他放在眼里的同学如今可是马屁拍到了家。

大款同学挺着个大肚子开始讲开场白，看着其他同学崇拜仰视的目光，他自信满满，还开了几个不似怎么好笑的玩笑来衬托他自己的幽默和风度。看来钱对于男人真是最好的自信剂。

我听见下面有个男同学小声嘀咕说："不就是做个医疗器械赚了些钱吗？看这骚包的样！"原来嫉妒不只是女人才会有的。

大款同学放下话筒走来我身边说："其实我今天这点小成就和欣然是不能比拟的，欣然才是真正的有钱人，昨天我就在电视上看见她的采访，还高兴地和媳妇说，瞧，这就是我们班以前的班花，我最喜欢的女孩。看着欣然的低调和修养我们真是该收敛学习学习啦！"其他同学也跟着附和起哄！

看来我们这位大款同学是这家夜总会的常客，先是老板过来敬酒助兴，临走时忙说我们的经理马上就来陪各位喝酒！

一位丰腴妖娆的女人扭着腰打着哈哈就进来了，虽然脸上涂了厚厚的一层粉但岁月的痕迹在她脸上毫不留情地留下憔悴和粗糙，定睛看着她似乎在哪儿见过，猛地一惊，她？难道是她？没错，真是她？那夜和黄觉翻云覆雨的她！八九年的时间没见，她已不再年轻不再高高地拿眼斜斜轻佻地看着你，她的眼神空洞苍凉。

大款同学将她搂入怀，两只手在她身上来回不经意地游走，她也是见怪不怪，任由抚摸。大款同学拉着她直奔我来："杨玫，给你介绍下我们班，不，准确地说应该是全校最漂亮的女孩欣然，如今事业有成的女企业家，赶紧给我们的卓总敬酒。"

她也直直地盯着我看了好一会，从她的眼里我知道她也认出来了我，那个曾经用她那妖娆、风尘轻佻的眼神斜斜地看着当年那个单纯、简单的我，到如今这样优雅、迷人地安静看着她的我。

她很心虚地对我笑了笑，没有当年的跋扈、嚣张，剩下的只是满眼的惊讶和不自信。

大家推杯换盏，东扯西拉，气氛很是热闹。接到黄觉的电话："你知道我们多久没见面了吗？足足十天了，是不是我不给你电话你就当我消失了？"

我赶紧撒娇赔不是："哪有啊！我最近工作确实忙了点，刚才还想着给你电话的，你看咱们多有心灵感应哈！"

"你那怎么那么闹，在哪儿呢？我过来接你！"

"同学聚会，'夜朦胧'夜总会！"

十五分钟后他出现在我和同学面前，他的到来无疑是巨星，大家轮番给他敬酒，借着酒劲一男同学说："当年你把我们班花给弄走了，我们班男生想死的心都有啊！可是你看，我们也没办法，你帅气又多金，如今我们的班花越发迷人有魅力，关键是还带着丰厚的嫁妆啊，这世道，真是没法活了。"男同学们纷纷附和起哄。

谢了大家，黄觉说下次他做东安排我们大家相聚。他搂着我走出包厢，在走廊上我们遇见了杨玫，黄觉的眼神先是吃了一惊，然后装作什么也没看见的模样搂着我大步走了出去，她张大嘴似乎也很惊讶，看着我俩逐渐消失的身影，留下的却满是寂寞、苍凉的身影！

上了车我的情绪和念想还在那儿没出来，她怎么会混到如此凄惨的地步，当年的她可是社交场有名的角色，很多男人都想法接近她得到她的亲近，那时的她美丽、有风情、看谁都是一股不屑和挑逗的眼神，没有一点定力和城府的男人那时会被她迷得死去活来的。

"想什么这么入神呢？"

"杨玫。"我根本还没从思绪里脱离出来，冲口而出！

黄觉沉默地看了我一眼说："怎么突然想起她了！"

我坏坏一笑，看着他说："这么绝情啊！好歹也是你以前的老情人，这么没有人情味，看人家混到这个地步也不出手援救援救。"

黄觉回过头看了看我："你这丫头，什么时候也学得这么油嘴滑舌的，可不似当年那清纯无瑕的模样了！"

"那你是爱以前的我还是现在的我呢？"

"只要是你，我都爱！"没有一点迟疑他回答得很干脆。

"你那么爱我，是不是我所有的要求你都会答应呢？"我坏坏地看着他。

"当然！"

"我想知道你和杨玫的事情，不许回避，不许沉默，要老实地回答我。"

他沉默了几秒钟，点燃一支烟说，如果你真的很想知道，我就完整地给你叙述一遍。

"当年的她确实很美丽，她那挑逗的眼神、丰腴的身体总是有意无意地在我身上游走，女人我也见得多了，对于这样的女人我也不可能说一点定力都没有，何况当时我心里全是你，所以对她也没多大的兴趣。那时的我正是意气风发的时候，有这样一个很多男人想亲近都不容易的女子时刻跟随在身边确实是有些得意与虚荣。但无论如何我都不能因为她去伤害你，我承认如果没有认识你，按照当时我的脾气和德行我肯定会很快和她上床。"

他吐了一个烟圈："她说她从来没有遇见过一个不想和她上床的男人、从来没有搞不定哪个男人，她要征服我，坦白说有些时候我也会很享受她的那些勾引，很想和她做点什么，但一想到你我就打消了这个念头。"

"可是你不还是和她上床了吗？"我压抑住心中的一丝丝醋意。

"那天，公司拿下了一大块地，我非常开心，而你也因为在医院事情较多没像以往那样来我这那么勤。她买来了鲜花拿来了红酒说一定要陪我高兴高兴。那天我确实有些喝多了，她说她最近刚好学习了一段舞要给我表演，当她脱得什么也不剩地坐到我腿上轻轻咬住我耳朵的时候我已经没有任何抵抗力了。之后你也知道了，你就进来了。"

"后来呢！她现在怎么在这样不入流的夜总会工作？"

"你走了，我疯了一样地去找你，没你的日子里我半年都没去公司上班。有一次，她在酒吧找到我，看到我为了你憔悴伤心不已的模样，我告诉她，这辈子我只可能爱你，其他女人根本走不进我的心。她还想使出老一套的方法勾引我，当时我非常冷漠地拒绝了她，我告诉她她毁了我心底最真的那份深情、最爱的那个女人，让她以后从我视线里消失。"

"那以后你们也一直没见？"

"五年前她有来找过我，想找我借点钱，我给了她五十万，告诉她不用还了，也不要再出现在我眼前。"

"按照她当时的状况肯为她花钱的男人也不少，真的喜欢她的人也很多，她怎么就没能找个好的男人结婚成家呢！"我不解地自语。

"这就是一个女人的愚蠢之处，当年的她风华正茂也不曾想到青春容颜易失，终究靠这个吸引男人是不会长久的。年轻漂亮的姑娘一茬接着一茬。人老色衰之时男人像甩破抹布一样地将你扔进垃圾筒。"

"还是我的宝贝厉害，用她的魅力和智慧将男人吸引得死死的，就像温莎公爵为了辛普森放弃王位一样的忠实。"

"宁愿相信白日见鬼也不能相信男人那张破嘴，我可不像辛普森夫人那般有魅力。"我举起拳头打了他一下，他也不避让任由我处理。

生活中有很多漂亮的女子最终的婚姻往往并不比那些姿色中等的女人幸福，选择太多或许并不一定是好事，女人还是要懂得珍惜与把握。

还有一个多星期就是陈蓉和安静的婚礼，她俩把婚礼放在同一天，最累的就是我这个伴娘加统筹，一会要陪她俩去试穿婚纱一会又忙着试妆，幸好婚礼的酒店定在恒景，蛋糕、配菜、酒水等一些事情交由行越负责。我成天蹬着个高跟鞋四处为她俩奔波。黄觉看我成天鞍前马后地为她俩四处张罗也开始帮我分担一些事情。李萱这家伙倒是很会享受，携着比她小四五岁的男朋友去法国看埃菲尔铁塔了，知道我这忙死忙活的终于良心发现，决定提前回来帮忙！

在我最忙碌的日子里，雯雯也提出了离职，原因很简单，去投奔那个曾经伤害她的见义忘利的志祥哥哥。除了祝福，没做任何挽留，有些事情、有些痛苦是必定要经历才会醒悟。

或许是想为志祥辩解、或许是对他们的爱情信任、或许是担心我小看她，雯雯给我做了很多的解释，我张开手臂给了她一个拥抱，此刻，除了祝福她我想不出更好的主意！

最近实在太累，预约了恒景的SPA，伴着音乐伴着舒服的按摩没两分钟我就睡着了，不知过了多久电话铃声响个不停，电话屏显示陈蓉的名字，我懒洋洋地说："能不能让人清静会，我这还没睡安稳呢你就……"没等我话说完，陈蓉说李萱出了点事情，让我赶紧去她家一趟。

我开着车一路狂奔来到李萱的复式小楼时她们仨都在，李萱满脸的愤怒，一边拿着一堆照片一边站起来说："想敲诈老娘去死吧，让你们都去死吧，一群伪娘。"瞄了一眼照片是她和比她小五岁的男朋友赤身裸体偎依在一起的照片，听她这语气估计是被人算计了！

我在冰箱拿了瓶果汁边喝边说："发这么大火干吗，让安静去处理不就得了。"

"哪有这么容易的，前几天安静就去找那孙子了，没想到那作死的竟然放了两张这样的照片塞进美容院的大门，幸亏我那天早上去得及时，不然出大娄子了，还电话我说还有比这更带劲的照片要放在网上。"

"这小子简直就是穷疯了，被我逮住后竟然还大言不惭地说这不是敲诈这是他和李萱之间的青春损失费，我气得当时要扇他两耳光，他索性躺在地上大喊，警察打人啊，差点没把我气死。"安静也按捺不住地想发火。

"青春个屁的损失费，老娘很老吗？不过是三十出头一点，追老娘的男人都可以排满整个长江了，他这半年来吃我的花我的不下于三十万，如今还要让我付给他八十万作为弥补青春损失费，敢情老娘在他心里就是一堆烂泥巴吗？是哪个孙子一天到晚捧着我说我就是他心中最纯净的月亮、最优雅的女神、最迷人的小女生，这个贱人，我……"

"好了，别动气了，咱们犯不着为这样的人生气，喝点果汁消消气，我们从长计议，总有办法对付这厮。"这个节骨眼先平缓一下紧张不安的氛围有利于想办法解决。

"想当初我第一眼见这个人时感觉就很糟糕，一看就是个靠女人吃饭的小白脸，每天还打扮得跟艺术家似的，骨子里就是一贱人。让你当初小心提防，不听好友言，吃亏在眼前了吧。"陈蓉没好气地嘀咕。

电话铃响，打破突然安静的局面，是那小子打来的，问问李萱的钱准备好没，什么时候给他，我在边上找来小纸条写上：稳住他的情绪，说钱可以随时给他。李萱很快明白我的用意，调整情绪后用带有一丝暧昧温柔的语气回复那小子，好歹咱们也有过这半年的夫妻之情，不就是钱吗？小问题，咱们好说好散，浪漫地吃顿晚餐互相道个别就各奔东西，以后谁也不干涉谁。

"李萱，行啊！你这都可以拍电影了，这情绪说上来就上来，我看最适合你的职业是做演员啊！"我调侃打趣道。

大伙都不约而同地笑出来，李萱撇撇嘴："欣然，每次就你最坏了，说话文绉绉就把人给骂了，不过我也猜到你应该是想到好办法了。"

"我也没什么特别好的办法，就是觉得对付这样的无赖只能找个流氓和他过招了。"

"流氓？"三人异口同声，"上哪儿找？"

"黄觉啊！他不就是个大流氓吗？估计把这活交给他不会出错。"

"死妮子，有这样说自己未婚夫的吗？"陈蓉一屁股坐到我身边，拿手掐了我一把。

"那不行，那岂不是破坏我在黄总心里完美的形象，要不是因为你是我闺密我早就对他下手了。他可是我心里完美的男神，绝对现代版的007啊……"

"行啦，别花痴啦！没有欣然你也钓不到这个金龟婿，再说，你在人家心里也没那么完美的形象，人家这是爱屋及乌懂吗？因为爱欣然，所以也只能接受你这只花哨的乌鸦。"安静没好生气地回应。

"有你们这么数落自己闺密的吗？不就是遇人不淑交了个恶友吗？这么损自己人。"

第二天晚上，李萱和那小子约好在香格里拉西餐厅见面给钱，我们一行五人在转角处一起喝着咖啡。待那小子坐定，黄觉走了过去，他把李萱也遣回过来，独自和那小子说着什么。

"齐浩，你看咱俩这得多窝囊，身为警察，竟然帮不了最好的朋友。"安静端着一杯咖啡，自嘲又无奈的模样。

"要不是因为穿着这身警服，我就真结实地揍那小子一顿。"

齐浩一脸的正气让我觉得十分可爱，"放心吧！大哥最擅长和这样的人聊天。"行越握着陈蓉的手说，一脸笃定。

一生中有个爱自己的人已然是十分幸福的事情，还能有一群在自己困难失意时鼓励自己拉拔自己的如同亲人般的好友更是无憾，想着就觉得心里暖暖的。

二十分钟后，忽见那小子惊慌失措，连滚带爬地奔出餐厅，我们不约而同起身走过去。"你都和他说什么他吓成那样？"我有点迫不及待想知道答案。

"说什么不重要，重要的是他已经觉悟自己的错误。"黄觉一脸的坏笑。

"黄总，谢谢啊！"李萱流露些许不好意思，我低头偷笑。

"客气了，然然关心的人和事情当然就是自己的事情。"陈蓉和安静相视微笑，证实昨天陈蓉的一番言论。

晚餐后黄觉送我回家后就赖在我家不肯走了，我俩躺在客厅的沙发上互相腻歪，兰姐很识趣地回到自己的房间。我躺在他腿上想起李萱的事情，缠着他告诉我那二十分钟他都说了些什么把那小子吓成那样。

他一脸坏笑告诉我，其实我也没说什么恐吓他的事情，我就给他讲了一个故事。

"我说曾经有个兄弟的妹妹也遇到这样的事情，我们觉得钱也不是什么大事情，所以很痛快地给了人。但是没过多久一场意外让这个男人没了小JJ，关键是有一天这个妹子又想他了，毕竟拿了女孩的钱，人家想着也正常，三天两头往那男孩家跑，高兴了吃顿晚餐走人，不高兴了，把家里折腾得比战场还乱，要是胆敢动她一根汗毛那些兄弟就得让他吃不了兜着走，现在，这男的见到这妹子头皮都发麻，想把当时拿走的钱退还给对方买个清静都不行。看你年纪轻轻也不像坏人，这意外的事情很难预估，我看你还是小心谨慎为妙对不对？万一哪天像这哥们似的连男人都做不成了该多冤，说完拍了拍男孩的肩膀，男孩抽搐地看了我两眼，嗖的一声就不见了，我这连再见都没来得及说。"

我斜着眼睛瞟着他说："我就知道这样的无赖只有你才能收拾得了。"

"你这是夸我呢还是贬我呢？莫非在你眼里我也是一个无赖流氓？"还是那副坏坏的笑，但却很有味道。

"当然啦，不妨认真告诉你，从我第一眼见你就没觉得你是好人！"

"哦，好吧！既然无论我怎么装还是瞒不了你的慧眼，那我索性流氓无赖吧！"他一边说一边开始使劲亲吻我，我四处躲藏。

晚上几乎没怎么睡好，两人不停地在床上折腾，早上起床时都不用画眼影绝对的小烟熏。

"现在才七点多，你就不能再陪我多睡一会？"

"哪有你命好，我这革命事业才刚刚开始，自己不上心还不得喝西北风去啊！你美美睡吧！早餐兰姐会给你准备好的。"

我上去亲吻他的额头想和他道别，没想到他竟然一翻身将我压在下面，手也开始不老实，我连忙哄着说："真不行啊！我早上要见客户，现在这个点已经就要迟到了，快起来，别弄坏我的发型。"

"放开你也行，晚上必须加倍补偿。"一贯的流氓作风。

"行行行，晚上下班就去找你，好好睡吧！"

来到办公室，见外面打闹一片，下属们见我到来纷纷回到自己的座位，刚才的打骂声因为我的到来突然停止了，一位二十五六岁模样的女孩指着我们产品设计师安娜说："她是第三者，破坏我的家庭，你们作为她的领导和同事难道不管吗？"旁边的市场部孙经理一个劲地想拉她离开，我明白是怎么回事了。公司的副总安抚了孙经理的爱人，让她先回家，公司一定会出面解决这件事情！

我让安娜来我办公室，给她倒了杯咖啡，等她情绪缓和稳定后拍拍她的肩说："我不想干预你个人的隐私，只想问问有没什么可以帮到你的。"安娜预计我会很严厉地批评她，我的平和与关心的眼神让她不知所措地哭了起来。

事情的前因后果在安娜断断续续的哭泣声中终于弄明白了，因为工作的问题安娜需要经常和市场部的孙经理沟通，而在彼此的合作中两人暗生情愫，孙经理告诉安娜说他也是单身，而安娜正好是他心中所喜欢女孩的类型，他们也知道公司是不允许互相之间谈恋爱的，他们在私底下开始了甜蜜而快乐的约会，结果没想到今天早上突然冒出一个自称是孙经理老婆的女人上来就给了她一耳光，还骂她是不要脸的第三者。

安慰安娜后，我建议她今天就不要上班先回家休息一天，调整调整心情明天再来，安娜刚离开我的办公室孙经理就探头探脑地来敲门，我应承他坐下。还未坐定，他就开始滔滔不绝地说他自己一时鬼迷心窍被安娜勾引住，大谈安娜是如何勾引自己，自己如何无辜受骗。我端着咖啡依然保持这样不变的微笑，这些年的经历自己都已经不知道何时变得即便内心狂风浪雨外表却丝毫不动声色。

听完孙经理痛彻心扉的控诉我什么也没说，只是淡淡地说了句，我知道了！我的淡然显然很出乎孙经理的意料，他想在我脸上找出什么表情或者说对他的态度，但是我自然且目不斜视地看他的眼神却让他不由自主回避。

我叹了口气，不知道是为安娜还是为女人，在爱情面前女人往往表现的是那么的勇敢与美好，可是男人有时的态度真让人沮丧；像孙经理这样的男人也真是极品了，在关键时刻抛弃自己所爱的人就像抛弃垃圾那么的不耐烦与不堪。

我通知人力资源总监来我办公室，让她终止与孙经理的合同，人力资源总监刚开始还极力帮着孙经理说话，说不能因为今早的事情就这么急促不客观地开除他。

我笑了笑："刘总监你来公司时间也不短了，是公司第一批老员工，和我工作这么久你对我的印象是什么？"

刘总监摸了摸盘着的头发，认真地说："您的大气、智慧、宽容、优雅及对工作的专业都让下属们觉得跟着这样一位老板是一件非常幸运的事情，您在遇到困难时的理智与执着让我们大家更为佩服，所以在您自身的这些品质下公司的企业文化也人性积极阳光，公司的离职率非常低，是我从业十五年来离职率最低的一家公司，当然除了之前的一家国企。"

"所以我让你终止和孙经理的合同一定有我的原因并非感情用事。"我复述了刚才我看到听到的一幕。不出我所料，刘总监开始沉不住气，最后表示这样的男人实在太可恨可气，这样品德败坏的男人绝对不可以留在公司。

"虽然目前孙经理没有做过什么损失公司利益的事情，但我个人觉得让这样一个在关键时刻抛弃责任抛弃爱抛弃品德的男人实在不合适在这么重要的岗位，所以刘总你自己看着去处理此事，公司该补偿提前终止合同的违约金不要少了对方，毕竟他也要养家，还是维护好他作为一个男人的尊严。"

后天就是陈蓉、安静的婚礼，赶紧处理完公司所有的事情我就赶紧给她俩打杂当跑腿的，还好黄觉给力，让郊外的度假酒店打理统筹一切，让我能省好多心。

我穿着高跟鞋到处为她俩奔跑，小腿跑到酸痛，李萱也好不到哪去，忙得顾不上喝一口水。终于一切妥当，我瘫软在沙发里不想动弹。黄觉不知何时走进来，他蹲下来开始帮我按摩小腿："酒店服务人员告诉我说你从早上一直忙到现在检查每一个细节和流程，你说你怎么就这么操心的命呢！我都有告诉你我已经安排好一切！""这不是别人的婚礼，这是我最好朋友的婚礼，不能有任何差错的。"我躺在他怀里感觉温暖极了。

齐浩忙着说："我和安静工作太忙，最近局里事情太多，多亏欣然跑前跑后，就算是亲姐妹也没这么贴心了。"

"就是亲姐妹，呆瓜！"安静使劲拍打了一下齐浩的头。

"欣然细腻到让我这个在自己酒店工作的人都自叹不如！"行越和陈蓉手牵着手，相互深情地看了对方一眼，感激地冲我竖起大拇指。

"是啊！不知她自己的婚礼会挑剔到什么程度，估计等我们婚礼时整个酒店都不用营业只能顾着她的挑剔和检查啦！"

"讨厌！损我呢！"我拍打了一下黄觉。

"欣然你还记得，我们的第一次就是这个度假酒店。"

话音未落大家就齐回头睁大眼睛盯着我，我赶忙解释："你们听他胡说，他的意思是我们第一次相识的晚上就住这里。"此话不说还好，这么一解释更乱了。

"天啊！行啊！欣然，一直觉得你最保守正派了，没想到你们第一次见面你就夜不归宿啦！"安静一副不认识我的模样，气得我站起来使劲踢了一脚黄觉，他一副幸灾乐祸的模样看着我，着急地和大家解释。

我不解恨地使劲打他，他也不躲，还故作可怜模样说："你们看到了吧，其实我的日子最难过，看着端庄大气的卓总其实很暴力的。"

齐浩和行越开心得不得了，最后在我的威逼利诱下黄觉才把当年事情的始末给大伙说清楚。

"厉害啊！对付像欣然这样的女孩一般程序是拿不下来的，当年的觉哥要不是如此的霸气现在的欣然不知在谁的怀抱啊！"陈蓉也开始跟着搅和。

婚礼的温馨和浪漫让很多女孩激动得流泪，李萱高兴得又喝多了，在现场拉着男人们的手不停地说不停地笑，我悄悄起身拉她回酒店房间休息，免得给咱姐妹几个在外丢人现眼。

"欣然，我没喝多，我是又高兴又难受，我为她俩开心啊！终于有个属于自己的家了，回家有人疼爱。可是为什么自己总是遇不到靠谱的男人呢？"

"靠谱的男人都被你吓走了，别看你在工作上勤奋努力聪明，但在感情上太傻，不辨方向。"我倒了杯水给她。

回过头她已经躺在沙发上睡着，我轻轻退出房间回到婚礼现场招呼客人。

第二天他们四人同去了法国度假，我也需要去深圳出差，送我去机场的路上，黄觉笑眯眯地看着我说："要去见你的林剑哥哥心里很欢喜吧！"

我斜着眼睛看了他一眼懒洋洋地回答："那是啊！昨晚一夜都没睡好，都是因为想的，回头见到了还不知如何表达我的相思之苦呢！"

"故意气我呢丫头，越来越坏了！"

"不都跟你学的吗？想想曾经的我是多么的美好与纯洁，都是你害的，你得为我的结果付出代价。"我斜靠在他肩上一副复仇的神情。

"绝对都是我的错，所以我决定用下辈子所有的时间去弥补，所以我决定下个月我们也举行婚礼。"他英俊的脸庞露出得意的笑容，如今的他浑身散发的力量与魅力真的是很让人着迷，我贪婪地闻着他身上散发的 DIOR 男士桀骜香水的味道。

"咱们现在的生活状态和结婚也没什么区别，干吗那么着急，不就是一纸婚书吗？我觉得现在这样挺好的。"

"那不行，我想让你从里到外都必须属于我，结婚的所有事情你都不用操心，你只管那天打扮漂亮出现就好。"

看着他认真的样子，我忍不住亲了亲他，结果我俩就无视司机的存在热烈地亲吻。

机场里我俩恋恋不舍，他甚至想买张机票和我同行，但因为还要参加一些公司的事务宣传不得不放弃这个决定，他现在越发地依恋我，如果有几天见不到我他就会情绪躁动，似乎除了我不再会有什么事情能烦到他。

"你看你还没走我就开始思念了，办完工作的事情赶紧回来，你知道我很需要你的。还有记得随时带件外套，不许总喝冰水，记得晚上早点睡觉……"

"放心吧老板！什么时候变得这么儿女情长了，我会很快地出现在你眼前，你只管安静等待，要是有女人泡你你也别太闲着，送上门的咱还是可以收的！"我又开始坏坏地调侃他。

吻别

起、落。

林剑和美悦一起来机场接我，美悦手里捧着一大束红玫瑰欢迎我的到来，林剑见到我给我一个深深的拥抱，美悦在旁边一直默默地含笑看着我们。

"又换车啦，这款劳斯莱斯不错啊！富豪的生活就是不一样，不像我们还为一顿三餐犯愁呢！"我又开始调皮起来。

"就是因为你要来深圳，林剑为你刚买的，想让你开心。"美悦没有一点的嫉妒，就这么温暖地看着我逗趣她喜欢的男人。

"什么时候都改不了小孩的任性，这车就是为你买的，这几天你就用这款新车，我没给你预订酒店，这几日必须住我家，让我每天有机会见到你。"

"什么嘛，你看哪有女孩开这么大的车，我更喜欢迈巴赫，你是自己喜欢刚好赶上我来深圳就故意借花献佛，太虚伪了。"

"你看你这丫头，说话真是气死人，好、好、好，明天我们再去买部迈巴赫，竟然说我虚伪，我看这个黄觉把你惯得更没名堂了。"他一脸的无辜与无奈。

"我看也只有欣然能治得了你，敢和你顶嘴。"美悦看着我俩斗嘴的过程一直偷偷笑。

"你都不知道这丫头当年更来气，有一天来我办公室汇报工作，我俩为了一个工作的事情发生了争论，最后她竟然站起来什么话也不说就直接大摇大摆地出去不理我了。"

"你不还在办公桌面前大声朝我嚷嚷说我要敢离开这个办公室就永远别进来了吗？"我也不甘示弱。

"那你还不是头也没回就出去了，你说谁敢这么对我，就你个不知天高地厚的小妮子。我都懒得和你一般计较。"林剑点燃一支雪茄饶有兴趣地和我共同回忆往事。

说完这段话突然大家都安静了，以往很多回忆涌上心头，即便当时不是那般的愉悦如今回想起来却又那么怀念与珍贵。

话说着车已经停靠在一栋别墅门前，这是一片新的别墅区，周围园林景观非常漂亮，门前站了四位身穿白色工作服的家庭工作人员，一位长相非常甜美但又不失性感大约二十八九模样的女人温柔地说道："欢迎卓小姐回家，您一路辛苦了，我是肖总的助理娴薇，这三位是这屋里的阿姨，她们会照顾您的起居饮食，这位先生是厨师，每天负责给您做各种美食和靓汤。"

林剑一旁气定悠闲地抽着雪茄，夕阳洒在他脸上甚是迷人，四十岁对于男人来讲真是个最美好的年纪，身份、地位、财富、人生各种的经历让他成熟厚重，而脸上荡漾的自信及含情的目光总是让女人们浮想联翩不能自拔。

"别动，我给你俩拍张照片。"娴薇赶紧进屋拿出相机，林剑左手夹着雪茄右手自然地搂过我的肩，夕阳暖暖的色调洒在我们身上，岁月如此静好安然。

晚餐半小时后阿姨已经为我放好了泡澡水，还很浪漫地撒满了玫瑰花瓣，我美美地享受一个人的泡浴时间，待我穿着睡衣湿着头发走出来时，看见美悦在我房间坐着。

"林剑问你想不想出去按个脚，他担心你累着。"

"不要了，我换件衣服我们一起到楼下聊聊天吧。"

我随意用浴巾擦干头发，换了套家居的睡衣和美悦一起下楼，正好看见林剑不知对娴薇说了句什么，娴薇笑得前俯后仰。我小心翼翼地瞟了一眼身旁的美悦，虽然她始终面带微笑，但我却看到这微笑眼神的里面藏着些许的落寞。

"怎么湿着头发就出来了，深圳湿气大，这样晚上睡觉会头疼，美悦去拿个吹风机过来，我给欣然吹吹。"

"先去洗手间洗手，别把我头发弄脏了。"看到美悦刚才看到他和秘书亲密的动作所流露的落寂神情我有点不高兴。

"好，去洗手，帮你做事还有那么多的要求和标准。"他起身很无奈地对大家笑笑似乎很无可奈何的模样。

"肖总，没想到您还有这么柔情的一面，这可是我做梦都没想到的呢。真的要好好谢谢欣然，让我们看到这么铁汉柔情的肖总。"娴薇一脸的迷情。

我和美悦不由自主互相对视了一眼，默契地笑了笑。待头发吹干，林剑又安排人给我端来家里自制的龟苓膏，晚餐已经撑得我快走不动，这会实在是没吃任何东西的欲望，但是林剑不同意，他担心我来深圳会水土不服没商量的余地让我吃完。

"欣然你就听他的吧，他难得这么细心地去关心照顾一个人！"美悦笑意盈盈地看着我俩在那推来推去地斗嘴。

"什么啊？他就是强迫狂，什么事情都得按他心意来，美悦你以后可是要吃苦头了，别什么事情都让着他，不惯他这毛病。"

"能和肖总生活在一起那是所有女人的梦想，哪里还有时间去关注这些不是缺点的缺点。"娴薇很妩媚地瞟了眼林剑。

"欣然，你看看人家，多会说话多温柔，看看你，哎呀，跟个杀手似的那么彪悍。"

"你们这一个温情似水，一个铁血柔情，干脆单独找个地方窃窃私语脉脉含情地聊岂不更自在，我一向老土惯了见不得这暧昧的场面啊。"我看着漫不经心其实内心已经火气腾腾。

"欣然，说话越来越离谱啦，你这是当着大伙面骂我呢？别仗着我惯着你就无法无天啊！"林剑吸了口雪茄眯着眼睛看着我。

"美悦，我们上楼睡觉，免得给人添乱，我真没觉得我仗你惯着我无法无天目中无人，反倒是你自己，当着美悦的面一直和别的人叽叽歪歪还特别有理，就你这臭毛病不改，我还懒得理你呢！"我拉着美悦的手准备上楼。

"臭丫头估计累着了，说话越来越离谱，娴薇你也回家休息，明天还需要帮着欣然处理一些事务。"

"不敢烦请朱小姐，我自己都能安排。"我头也不回直接上楼，美悦赶紧跟在我身后。

"欣然，你不高兴啦？"美悦小心翼翼地询问我。

"你很开心啊？"我反问她。

"其实没事的，他们就是互相说笑而已，咱们不用理会。"美悦拉拉我的手。

"你爱林剑吗？你真的心里一点也不在乎他和别的女人暧昧？"

"当然爱，这样的男人无法不爱，可是在乎计较只会让自己伤心或失去理智，反而离他越来越远，我想既然爱他，为何不成全他，陪他一起经历生活的各种滋味。"

美悦的一席话让我陷入了沉思，我一直认为爱就是互相拥有，可以互相依靠度过各种困难不离不弃，可是刚才美悦的一番话让我陷入沉思，原来爱也可以只给予，原来爱也可以有等着他回头的耐心和包容，原来爱也可以是一路陪着他经历各种风景的等候。

美悦静静地诉说，如今的她已是三十四五的人，青春已一去不返，曾经的任性和小性子也在岁月的磨砺下渐渐隐退，曾经互相爱得死去活来的男人也在疲惫之后迅速爱上其他女孩并很快结婚。"我们相恋八年他不曾期许婚姻，总是说等到事业飞黄腾达后再迎娶我给我最好的生活享受，可在愿望实现后他又觉得我们的爱情如白水一样无味没激情，并在三个月内迅速和一位二十一岁的女孩结婚，我永远也忘不了那女孩对我可怜和同情的眼神，她高昂的头不可一世的笑容深深地刺痛了我。她告诉我我这个年纪还可以找个二婚的，曾经那个承诺我一生一世不让我受委屈的男人此刻却不敢有任何言语，这就是我的爱情故事。那时我已经三十多，高不成低不就也遇见过几个男人，或许是社会压力太重，如今的男人们都很现实，在交往的过程中算计得太厉害，把之前那点美好的感情完全消磨殆尽了。直到去年遇见林剑才让我重新感到生活的美好，他不曾期许我婚姻，但他却是真的对我好，他见我住的地方离市区远交通不方便，便给我在市区买了房子，生

170

日时送我宝马车，我并不是在乎这些物质，我也并非是个物质女人，但我知道当一个男人很舍得为你花钱时他心里是非常重视你的。我已经不期盼他给我婚姻，如果能这样一直留在他身边陪着他对于我已经是一种幸福，我很知足了！像他这样长得帅气又懂得浪漫且大方又多金的男人是多少女人心中的梦想，即便他不出手每天也是一堆堆女人翻墙倒柜地往上扑啊。"

美悦最后一句"翻墙倒柜往上扑"逗得我扑哧笑出声，恰巧林剑这时出现在我房间，我坐在沙发上没动也没任何表情，美悦一贯温柔地笑着站起来说："过来坐坐吧！"

"脾气不但没改还见长，看来黄觉把你惯得不轻！"他看我一眼和美悦一起坐在我对面的沙发上。

"你不打算娶美悦吗？"我没名堂地突然冒出这句话，美悦没有一贯温柔笑意盈盈的表情，显得很紧张与尴尬，林剑本来放松的表情变得严肃起来，这样的表情只有在他不高兴时才会表现，他意味深长地看了美悦一眼，美悦像做错事情的孩子低下头。

"美悦，欣然今天太累了，咱们先回房，让她好好睡一觉！"两人一前一后离开我的房间。

拿起手机发现有七个未接来电，全是黄觉打来的，下飞机一直被他们各种包围居然都忘了给他报平安，电话响了一声他就接了，估计电话一直没离手。"什么情况不接电话？你知不知道我

171

很担心你啊！""黄觉我想结婚了，回去我们就举行婚礼！"我什么解释也没有就没名堂冒出这些话，或许今晚美悦的话给我极大震撼。

黄觉被我这莫名其妙的一句话弄晕了。

"怎么？不乐意？"

"不是，你这没头没脑的一句话弄得我有点犯傻了！怎么啦？这刚分开就知道我的好了吧？我这都准备好了，就等你出席参加了！"他又开始他一贯的没正形。

电话一直聊到睁不开眼睛才肯放手，一夜无梦，就这么沉沉地睡去。

早上醒来已是八点，丰盛的早餐一直等我睡醒才端上桌来。

"今天这款白色的香奈儿套装很合身，干练又不失女人的柔美，珍珠长款项链配得也很合适。"林剑坐在楼下客厅的沙发上看着我从楼上走下来。

"大清早就抽雪茄！"走过去直接给他灭了。

"哪有这么霸道的人，刚夸你穿得漂亮优雅结果动作就这么野蛮，谁要是娶了你天天都要在家被欺负地哭！"林剑一席话惹得屋里的服务人员都笑开了。

"我倒是觉得欣然姐姐为我们带来了快乐啊！肖总平日都这么严肃，我们根本就不敢在您在家时多说一句话，可现在您都会像个大小孩逗欣然姐姐呢！"一位看上去二十刚出头的女孩操着广东普通话腼腆地说。

"美悦，你看欣然这才住了一天咱们家的这些人就开始跟她学会顶嘴了，以后在家的地位要受影响喽！"他一副担忧的模样。

早餐结束后就开始一天的忙碌，因为之前没有自己的工厂只能委托别人生产导致很多货品刚生产出来就被别人抄袭盗版，如今在各个城市已经有一百多家专卖店，没有自己的工厂实在是影响货品正常的供应，经过决定后我们在深圳要建一家属于自己的珠宝加工厂，深圳是珠宝行业最成熟的最具规模的城市，从原石供应到生产批发，所有环节都很成熟。林剑通过各种关系帮我找到一间非常好的厂房，目前的工作就是要赶紧装修完毕找到合适的厂长投入生产。

待一切安排妥当已是十天后，这十天里林剑尽一切能力资源帮助我，每当我深夜回到家他总是和美悦在客厅坐着等我，端上一碗热气腾腾的各种我叫不上名的或泻火或祛湿或补气的汤。而我也因白天一路的疲惫短短和他们聊一会便倒头就睡了。

今晚我订了潮江春餐厅，这是深圳潮州菜最精致和昂贵的餐厅，只因林剑喜欢潮州菜。一席绿色长款范思哲长裙，自己随意卷成波浪的长发，配着一款珍珠白的 Fendi 手包出现在他俩面前。美悦站起来拉着我的手："见过很多美丽的女子，像你这般干净优雅气质的唯有你了。"她绝对不是恭维讨好的赞美，她的眼神告诉我她的真诚，女人才是最了解女人的，一个眼神一个表情就知道亲疏关系。

林剑反而坐在餐厅客厅的沙发上抽着雪茄一直默默地看着我，眼神复杂，但嘴角一直微微保持他那惯有的神秘自信的笑容。

"哎哟，卓小姐老久不见你啦！你这是去国外度假了吗？我们都想死你啦！"一席黑色套装的女子走来，身后还跟了四五个和她一样着装的男男女女，她是这家酒店的副总，嘴甜心细，非常讨人喜欢。

"是啊！出去混口饭吃啊！"我回应道。

"您还是那么幽默，林总这么有钱还需要您出去赚钱啊？又逗我们开心！您看您不来林总也不来我们这吃饭了，我们这里的姐妹们都想他啦！"

"是不是五号香水都用完了，等会你算算多少个丫头想要的，我让司机马上买来送给你们！"林剑开口便赢来姑娘们的欢呼。

"卓小姐，您以后可要常来啊，你来肖总才会照顾我们的生意，这一年里您不来肖总也不来啊！"

这家餐厅当年是我俩的最爱，没事就过来胡吃海喝一顿，我不经意地瞟了一眼林剑，他若有所思的样子。

菜品还是那么精致，我们三人边吃边喝聊得很开心，好希望这幸福的时刻就这么停留，暖暖的、甜甜的在心间弥漫。

如今的我和林剑像家人，没有男女之间的爱情，现在的他似乎更宠让我，而我对他也似兄长般地尊敬和信任。

吃完饭我提议出去散散步，这么多的美食应接不暇撑得衣服都快变形了，我们一起去了金光华逛商场。在超市一角卖海鲜特产的地方我看见了雯雯，她穿着一件白绿相间的促销服，头上戴了顶主妇帽在给人讲解，我停住了脚步远远地看着她，林剑发现我的异常，拍拍我的肩小声问道："有什么问题吗？"

"没有，只是看到了一个熟人。"

"需要过去打个招呼吗？"

"不用，我想她一定不希望我看见她现在落魄的模样。"我默默转身离开了超市。

生活对于女人真的需要智慧，对于雯雯现在的状况我一点也不惊讶，女人无论出于何种状况一定要先将自己经营好，而不是将所有希望寄托在爱情上面，我们在需要男人爱护的同时自己应该像个女战士将自己经营得很好，这不但是物质的充盈还有人格的独立。你不用煞费苦心地去讨好和奉承任何一个男人，你只需要不断地充实完善自己，让自己更加生动有魅力即可。

回家洗完澡美美地躺在床上，发现旁边的桌子上放着一个大大的百达翡丽的手表盒，打开一看，一款全新白色镶钻长方形表盘配紫色绸带面的手表，旁边放着一封信。

"坏脾气的女孩，这款手表在半年前就为你预订了，刚好在你明天离开深圳之前寄到了，不能不说你总是这么幸运！能每天这样看着你快乐爽朗地大笑我的心间也快溢出你所说的巧克力般的甜蜜，虽然我从不爱吃这甜腻腻的玩意。你知道我已视你为生命中最亲的亲人，超越男女的低俗，此生只想陪着你欣赏各路风景，对你没其他的要求，就是希望你健康、平安、快乐！当然最好能把那坏脾气改改！"

我拿起手机回复了一条短信给林剑："手表收下了，脾气改不了了！"

"在外人眼里哥哥是条狼，在你眼里哥哥是温柔的京巴！"他回复我。

我回复一系列得意的笑脸图像，女人的放肆都来自男人的宠爱。

我怀着甜蜜与幸福的感觉美美地入睡，早上起床整理完所有行李，化好美美的妆容，穿着一套休闲的 ARMANI 白色套装清爽地出现在客厅。

"好看不？"我故意伸出手腕给他们看。

美悦和林剑互相笑了笑："就没见过这么不客气的姑娘，一句谢谢都不会说！"林剑笑眯眯地摇摇头。

"咱兄弟还这般客气干吗？"我一屁股坐到林剑身边搭着他的肩膀。

"越来越没淑女相了，一点都不端庄。"

"跟你还端着装着啊？"我一脸的坏笑。

一行人浩浩荡荡送我去机场，离别的伤感总是有的，我装着轻松的模样和大家挥挥手，转身的瞬间我看见林剑眼里的落寞与不舍。我停下脚步回头快步走向他，给了他一个深深的长长的拥抱，我附在他耳边说："无论我身在何方你永远都是我牵挂的亲人和我最好的哥哥！"

我能觉察他的开心与幸福，有时幸福就那么简单，就是亲人一个温暖的拥抱和一句话语！

永远喜欢飞机第一排靠窗的位子，早已习惯空姐职业的微笑和温柔的话语，永远统一的步骤，擦手、喝水。身旁坐了位年纪四十出头模样的男士，从我上飞机那刻起他的眼神就没离开过我，懒得理他，自己从包里拿出一本书。

"美女去武汉出差还是旅游啊？"他终于忍不住开口说话了。

"回家。"我头都懒得抬。

"这本《竞争战略》不错，值得一看，迈克尔·波特写的。"

我抬起头看了他一眼，长得还不错，但浑身充满了一股说不出的味道，有点浮躁有点好色的感觉。

"我以前在 EMBA 上学时老师推荐我们看过,小姐你贵姓啊?看您气质这么好,应该是做文艺类工作的吧?可一般做文艺工作的人是不喜欢看这类书籍的,所以你会给人有点神秘的感觉。"他很讨好地朝我笑笑。

"神秘?您觉得做企业管理的女性看着会很神秘?"我自己都觉得滑稽可笑。

"您可不会是一般做企业管理的人,最起码也应该是老板或者投资人。您看您出门坐着头等舱,手上戴着三十多万的百达翡丽,就连这看似随意的休闲服也是 ARMANI 的,就不说您这款爱马仕的包。"他一脸的笃定。

"看来您还很懂品牌。"

"呵呵,其实我也是做企业的,我们家族是做房地产的,主要在福建、厦门、海南,在当地那可是非常有名气的,不知道有没这个荣幸赏我张名片呢?"

"暗着骗都不会,哪有什么名骗?"我实在没心情和这样的男人日后有什么联系。

他有点不自然地挺了挺身,端起咖啡喝了一口。我自顾自地低头继续看书,起身想去趟洗手间时才发现身边这位男士不知何时坐到了第二排女士旁边的位子,噢,原来是那个"LOGO 女孩",在休息室时看见一位女孩全身香奈儿 LOGO 的套装和大 LOGO

的 LV 的鞋子及包包，当时心里就冒出个"LOGO 女孩"的称呼。他们聊得很起劲，不知道的人还以为他们认识很久，女人时不时拿手轻轻捶打他一下，男人就会有更放肆地动作和大笑。

待下飞机时两个人已经手牵手一起迈出机舱大门，常听人们说这是个快消费爱情时代，你情我愿是王牌，一夜情如同牵手般自然，像我这样柏拉图式的爱情已经被声称奇葩。

离着老远就看见黄觉，一条浅蓝色的裤子配着一件白色衬衣，贝克·汉姆似的发型看起来永远都显得那么酷，一米八三的个头站得笔直，身边不时有女孩打量他，这一刻我也被他帅帅的模样迷倒，大步奔向他。

他张开双臂给了我一个结实的拥抱，不顾旁人的眼光我俩互相腻歪亲吻。司机拉着我的行李走在前面，我俩十指相扣紧跟其后。

"突然这么着急想着结婚，是不是想我想得不行啦？"他一脸的得意。

"别美了，我看你可怜巴巴的模样成天跟着我无非想给你多个房间好让自己随叫随到。"我一脸的坏笑。

"嘿！漂亮啊！"他抬起我的手腕看到了这块手表。

"一定是你的林剑哥哥送的吧？这哥们什么意思？非得和我PK 呢！看来不给点力我家媳妇又得动摇军心了吧！"

"谁是你媳妇呢？"

"当然你啊！这鸽子蛋的钻石戒指你都戴着呢，晚上我都睡你旁边听你任意调遣还不算媳妇呢。"

他的司机在前面小声笑着，我使劲掐了他一把，压低声音说："找死呢！"

"不敢！晚上回家面床思过！"他满脸的无奈。

"哼，反正每次也不是我喊着腿软脚软走不动路的！"

我坏坏地朝他故作天真地笑笑。

他使劲捏了一下我的手压低声音说："等着啊丫头！"

车并没有驶入他的酒店，和我的住所也是背道而驰，我四处张望看着窗外街景。九月的武汉依然炎热，此刻已是下午五点，有些男子光着上身穿着大短裤晃悠悠地出来乘凉，老人们拿着大蒲扇来回走动聊天，突然觉得生活真是多彩，以不同的形式展开，而这平凡的安静与悠闲本身就是一种幸福。

"看什么呢？当年都没把你怎么样如今你不把我黑了就算走大运了。"我侧着脸白了他一眼，他俊朗冷酷的脸带着一丝得意的笑容。

说话间车已经驶入一条漂亮的林荫大道，大约五六分钟看见一扇很气派的欧式大铁门，里面是很欧式的建筑别墅，外立面设计感非常强，小区园林景观别有一番洞天。

正纳闷什么时候市区还有这么一处闹中取静的地方，车已经停到一座独立的别墅门口，外面的院子被园林工打理得非常漂亮，有点异国情调的感觉，我一下喜欢上了这里。

"闭上眼睛，不许再看啦！"他竟然真的拿出一条丝巾罩住我的眼睛，打开车门小心翼翼地牵着我的手。

"什么啊？搞这么神秘！"我满心的猜想，任由他牵着我的手胡闹。

当他拆开我脸上的丝巾，我不由大吃一惊，嘴巴张得合不上来，这是一套三层楼的独栋别墅，装饰风格正是我喜欢的格调，庄重不失浪漫，典雅不失风情。

接着我就看到陈蓉、行越、安静、齐浩、李萱出现在我面前，本来没合拢的嘴巴更是惊讶，我不知道黄觉又是演的哪部戏。

"欣然，你怎么这么好命呢？我这辈子要是能在这样的房子里和这么帅的男人住一晚就是死了也没什么遗憾啊！"李萱又开始在那发春梦。

"黄觉对你的爱情只有在小说中才可以看到，不，应该是你们的爱情其实比小说还浪漫，这估计是天下所有女人的梦想吧！"陈蓉接着李萱的话茬继续往下说。

"是啊！反正这辈子是没这命啦！不过每天能过来蹭蹭饭蹭蹭美景也不算太亏。"安静瞟了一眼齐浩，接过陈蓉的话。

我实在被他们一群人弄昏了头，本来从飞机上下来就没怎么太清醒，又被直接带过来看一处豪华的别墅，听他们一顿莫名其妙的讨论。

　　"亲爱的，这间房子就是我们的家啦！这里面的装修风格全是根据你平日对我说的你最喜欢的风格，找的最好的设计师给设计的，为了给你一个意外的惊喜之前就没告诉你，既然你想十月份举行婚礼那我还不得送你一份见面礼啊！"说完他递给我一个小本打开看，房屋产权人上写着我的名字。

　　眼睛有点湿润，并不是因为突然得到一处大房子而激动，曾经有很多人女人问我怎么样才能看出一个男人是真的爱你，历经各种事情阅读完身边不同人生，最后竟然得出一条非常简单却又十分俗气的答案，如果这个男人真的爱你他会舍得为你花钱。曾经也很得意地对身边的女朋友们说，我一点也不在乎这五克拉的钻石，但我喜欢看他为我花钱时那种温暖宠爱的感觉。

　　他悄悄牵着我的手坏坏地对我笑笑说："跟我来。"我们一行人来到门外，一辆全新淡紫色的宾利车不知何时已停在院子里，女人忍不住大声尖叫起来，男人的眼里也亮晶晶。

　　"这部车也是作为结婚礼物送给你的，淡紫色是你喜欢的颜色，提前在宾利公司为你定制的。"他拿出钥匙塞到我手上。

　　"怎么样媳妇？比起你的百达翡丽我的这些礼物不算逊色

吧？"这样的场合他还能记得手表的事情。

"太不逊色了，今晚就必须得把这婚给结了。现在这社会傻子才不傍大款呢！"我装出一副斩钉截铁非他不嫁的势头。

但心里的感动和温暖却是这么满满的溢出，这一切用心的礼物不只是他本身的华贵与奢侈，他伸出手臂搂住我，我顺势靠了过去。

他低声说："喜欢吗？"眼睛里透出的是无比的温情与依恋，还有一点他与生俱来的冷峻，这样混合的眼神真的会让人着迷，我想此生能和他一起执子之手与之偕老本身就是最大的浪漫与幸福啊！

我使劲点点头，我知道他能看出我的感动与快乐！

我开着拉风的宾利和大家一起去酒店吃饭，路上不时有人打量我的车，各种不同的眼神让我觉得特别想笑。

"笑什么呢？"黄觉发现我一抹坏笑在嘴角浮起。

"你说别人看到一位年轻貌美的女子开着一部宾利会怎么想？羡慕是肯定的，但随之上来就是嫉妒，心里肯定会说，保不准这女的就是个小三或者狐狸精专门勾搭男人的！"

"我仔细看看。"他端起我的脸一副认真的模样。

"还真是！我说我怎么就对你着魔了，原来是狐仙姐姐变的啊？"他一副恍然大悟的样子！

"讨厌！找打呢？"我掐了他一把！因为他每天散打运动，肌肉非常结实，打他他不疼到疼了自己，所以每次恼时就使劲掐他。

如今的他外表的桀骜不驯少了很多，增添了更多的稳重与冷峻，一副稳操胜券的模样，嘴角又常带着一丝神秘的笑容，让人觉察不到他心里真实的想法。但对我，他永远还是那么温柔有耐心。虽然之前七年未曾见面但再见时却能如当初般自然与美好，不能不说当初的爱是那么的真实与刻骨铭心！

最近每天起床都感到胃部灼热想吐，也没太在意，想着可能是上火了，可直到这样的呕吐发展到每次吃完饭就会有的状况，例假也超出正常的日子有半个月没来了。

果然不出所料，怀孕了，陈蓉很开心地告诉我结果时，我俩兴奋地抱在一起又笑又叫！

"不知道黄觉会高兴成什么样？他一直盼望有个属于你俩的孩子呢！"

我匆匆结束完和陈蓉的谈话，迫不及待地想告诉他这个好消息，马不停蹄地奔向他的办公室。

推开办公室的大门，里面很安静，我蹑手蹑脚地走进去，想给他一个意外的惊喜。黄觉坐在沙发上很沉默的样子，这样的表情是只有在他遇到最难抉择时才会有的痛苦，而对面坐着晓琳，我暗自吸了口气，怎么阴魂不散呢！

他俩同时看到了我，我装出很大方很自然的样子坐到了黄觉身边，一瞟眼看到了茶几上和我一模一样的化验单，上来赫然写着妊娠阳性，血液一下凝固到头部，再笨的女人也能感觉不对，黄觉的沉默，晓琳梨花带雨的泪水。

我调整呼吸，很平缓地问："她怀孕了，孩子是你的吗？"

这样的眼神一辈子也忘不了，如同狼被困深谷般的绝望，他什么也没说。

没有任何感觉地站起来走出了办公室的大门，泪水抑制不住地往下流，心痛得不能呼吸，怎么回到家的自己都不清楚。

看着我的样子兰姐吓坏了："然然，你没事吧？"

我关了手机，把自己关在了房间。

我打开手机给陈蓉发了条短信："怀孕的事不许对任何人说起，否则友谊不存。"

高烧、昏迷、恶心、吐到胃黏膜出血，她们三人一直默默地在一旁守护我，从她们的表情可以猜到她们什么都知道了。兰姐为我忙前忙后，三天下来她消瘦了很多。

"他不是说他们之间没有任何事情的吗？我一直那么相信他，虚伪，太虚伪了！"我自言自语。

"情况其实是这样的，你还记得几个月前你们有过一段时间的闹别扭吗？那天黄觉正好心烦喝多了，晓琳过来安慰他，结果……你知道他当时都喝得不省人事。"陈蓉的这番话一定是听行越给她讲的。

"这么说，责任在我，我不应该和他发脾气。"我自嘲地笑了出来。

"结束了，一切都结束了！"我对自己说。

用了一周的时间理清了所有的思路计划好了以后的生活方向。

一个电话也没有，一条短信也没有，他难道一点也不担心我？或许他正沉浸在要当爸爸的喜悦之中呢？算了吧？想得头疼，忘了吧！

我把公司的总部设在了深圳，这样更方便公司的发展，公司和工厂在一起，况且深圳是中国最大的珠宝加工批发展示中心，公司的下属们因为前去深圳工作都开心得不得了，只有自己心如冰还需强打精神。

"兰姐，看来咱们还是和深圳缘分深啊！兜兜转转咱们又得回去了。"看着兰姐忙着打包各种物品，我无精打采地坐在沙发上说。

兰姐知道整件事情的经过，她总是默默不语地陪着我，什么话也不说，有时转身时会看到她一个人默默地流泪。而如今的自己早如一摊死水，没有活力没有精神，除了工作就将一个人关在卧室里睡觉，不参加任何活动。

她们三人没事就过来陪着我，有时半天大家什么都不说，就这样默默地坐着。

此刻我们四人依然各自坐在沙发的一方。"欣然，黄觉最后决定还是不和那个女人结婚。"陈蓉突然莫名地冒出这样的一句话。

"哦"我应了一声，没有任何表情。

大家又安静了，安静得让人窒息。如果说八年前的离开是心痛，那如今应该算心死吧。其实想想也没那么糟糕，一个女人独自带着孩子生活应该也有其中的快乐吧！以后遇见喜欢的男人谈谈情说说爱日子过得也会另有一番滋味吧。

林剑打来电话问我还需要准备什么。整件事情我全盘告诉了他，前面他听完沉默了很久，后面得知我要来深圳生活非常开心，得知我怀孕的消息更是兴奋，好像这个孩子是他的那般。

一切办理妥当，明天早上就要飞深圳了，我打开窗户拉开窗帘使劲地呼吸了一口这城市的味道。此刻华灯初上，夜景迷离，在路灯昏黄的光影下我看见了熟悉的身影，我知道我的心死是骗自己骗别人的，不然为何泪水依然决堤，不然为何依然心痛得无法大口呼吸，我真的好想冲下去让他狠狠地抱着我。

黑暗中的他伴着一熄一灭的烟斜靠在车旁，很显然他也看到我已经看到他，我们俩就这样两两相望，虽然我看不清他的容颜与表情，但此刻的身影却是给我落寂的孤单。

曾经不顾一切地追寻他此刻能做的也只是默默地站在窗前无法言语，这是多么大的讽刺，这就是我们惊天动地的爱情结果，这就是那个无所顾忌无所谓的他所能做的唯一事情。

放弃吧！这么残酷的事情，让人都不敢回忆曾经的美好，我默默地关了窗，拉上了窗帘。

我瘫软在床上，脑袋一片空白，手机响了一声，打开一看是他发的一条短信："欣然，我不知道如何解释与弥补，但是我是真的爱你，为你我依然什么都可以放弃！"

我一笑回复他："如果你真的对我还有爱，我想让你为我做最后一件事，永远不要再打扰我的生活！我很好！你也保重！"

深圳机场，排场有点大了，美悦捧着一大束花，林剑后面跟了很多人，一路的飞机让我恶心不止，来不及打招呼我就直奔洗手间一阵狂吐，美悦赶紧冲进洗手间给我拍背，林剑在外面急得不知怎么办才好。

我和美悦、林剑坐在最前面的劳斯莱斯车上，后面还跟着一辆丰田的保姆车和路虎越野。

最后车停靠在上次我住的别墅，待我刚坐稳一位穿着护士服的大姐端过来一碗汤温柔地说："欣然小姐，为您炖的汤，对您和宝宝都好。"我接过来一口气喝完，味道真的不错，既不油腻还带着一丝甜甜的味道。

"然然啊！我和美悦商量了下还是觉得你和我们住一起方便，你一个人出去住我们不放心啊！你看，我把整个二楼都换成宝宝的卧室和玩具室了，你要是看着我们烦时我和美悦就住我以前那套公寓，这套房子就留给你和宝宝住。还有我给你配好了三个保姆，并且增添了一位营养师，司机是我从部队找来的，负责你和孩子的安全。"林剑拿出一支雪茄但始终没点燃。

我走过去抱着他泪水抑制不住地流下来，满腹的委屈、疼痛、难受像决堤的河流收不住，林剑紧紧地抱着我："没事的，有哥哥呢！哥永远照顾你和宝宝！"这样的事情我是连父母都不敢告诉的，他们若知道只可能更乱更糟糕。

兰姐和阿姨们帮我整理好一切行李，美悦牵着我的手为我放洗澡水，在这里我像公主一样被小心照顾，可是我心里却找不到快乐，心里始终被什么压住不能够自由大口呼吸。

每天除了工作我就安心回家听音乐或者出门散步，美悦和兰姐寸步不离我，林剑没什么重要应酬也会早早回来陪着我，给我讲各种笑话让我开心。

"欣然，你知道吗？这些日子我好开心！"散步时美悦告诉我。

"为什么？"

"突然有家的味道了，之前林剑晚上是很难早回的，有时彻夜不回，每天站在窗前竖着耳朵听车奔驰的声音。但是自从你来后他每天按时回家，晚上还陪着我说曾经不曾说过的话，他说我是个好女人，他会好好珍惜。你知道吗欣然，你知道我有多开心和幸福吗？"美悦两眼放着清澈的光芒，像极了刚恋爱的女孩。

"那是因为他看到我的可怜吧！"我淡淡地说。

"不是，绝对不是，欣然我觉得你比任何人都幸福幸运，有这么多人真心爱你关心你，把你视为生命中最重要的人。"

我微笑，爱到孩子没父亲，爱到被最爱的人伤透了心，不，是连心的感觉都没有了。如果此时不是因为这个孩子我都不敢想象我是否能坚持下去。

我拉着美悦的手。"幸福就好，你们俩好好珍惜，他一定会娶你的！我知道他一定会娶你的！"我喃喃自语。

晚饭时林剑似乎有什么话想和我说，一副话到嘴边又欲言又止的样子。

"有什么话直接说吧！看你憋这样我都难受！"

"呵呵！也没什么重要事情，就是今天那小子给我打电话了，问你怎么样。说想来深圳看看你！"

我默默地放下碗筷："如果你们胆敢告诉他一个字我的情况和我怀孕的事情，这辈子我也不怕再多一个永远不想提也不想见的人。"说完我起身回到了自己的房间。

美悦握握林剑的手小声说："或许过段时间她就好了。"

林剑摇摇头："你不太了解她，她说的是真的，咱们还是别蹚这浑水了，这丫头较真起来我根本没什么办法。"

肚子越来越大，行动越来越迟缓，晚上根本睡不着，常常一个人半夜起身坐到早上，之前还敢去客厅转转或者走廊四处走走，后面发现只要我起床了家里就不会有人再睡，现在只能一个人小心翼翼静悄悄地起床，坐在阳台上望着无边的远方看着太阳冒出一丝丝光晕。黑眼圈越来越严重，幸好工作上有几个非常得力的高管自己也用不着太操心。

黑暗中看到了林剑，他在旁边的阳台上默默地看着我坐在椅子上眺望远方，我朝他挥挥手压低声音说："今晚你也失眠吗？"

他没说话，回屋穿过走廊来到我房间的阳台上，手里拿了床小被子："晚上凉，怎么能光着脚穿着睡衣就出来了呢？"

我斜靠在他肩上什么话也不想说。

"看看，手脚都这么冰凉。"他爱怜地用被子裹紧我。

"然然，如果你真的放不下这份感情，我们可以回去找他，告诉他事情的真相，听说他现在也过得很糟糕。"林剑用力地搂了搂我，或许是想给我点生活的勇气和力量。

"再也回不去了，他已经不是曾经我深爱的男人，我曾经美好的他再也回不来了。"我气若游丝。

一丝困意顿袭，就这么靠着林剑睡着了。

醒来时已是早上十点，阳光透过紫色的纱窗暖暖地投射进来，很久没睡得这么安稳过。

刚吃完早餐准备出去散步时就听见门外吵吵嚷嚷，正想走出去看个究竟就看到陈蓉她们三个争先恐后地往里进，我们欢呼地抱着一起，她们仨轮换地贴在我肚子上和宝宝打招呼，我被她们大惊小怪的动作逗的笑个不停。

"我给她们仨安排在海边的希尔顿酒店，然然我给你多配了间套房，如果晚上你想换个环境住今天就别回来了。"林剑端过一杯柠檬水给我。

"好啊！"我开心地应承他。

待一切安顿好我们去下午茶、逛街给宝宝买各式各样的衣服和装备，四个人总有说不完的话题，从见面到现在都没消停过。

晚上的海边有些凉意，我们四个人洗完澡很惬意地坐在阳台上听海水拍岸的声音。

"黄觉受伤住院了！"李萱突然来了这么一句。

大家都安静了，我"哦"了一声，继续眺望远处的海景。

"然然，你就真的不想念他吗？"陈蓉打破了沉默。

"喝酒开车出事故了。"安静从我脸上没看出任何变化，接了这么一句。

我依然平静地"哦"了一声。

"欣然，黄觉他过得很糟糕，他没有和晓琳结婚。自从你走后就再也没见过他笑了。行越说他越来越沉默，除了工作就喜欢一个人待着，屋子里挂满了你的照片。"陈蓉轻轻地给我披上外套。

"都过去了，我想开始新的生活。今天累了，我先回房睡觉了。"

听着海浪的声音总是能让我很快入眠，是真的放下了他还是白天太累了，总之很快我睡着了。

下个月就要和肚子里的宝宝见面了，心情有些豁然开朗的轻松，突然感觉一个人带着孩子生活其实也是一件很酷很美好的事情。林剑和美悦看着我突然的转变也特别开心。我们三人每天一起计划等宝宝出生后如何教育他如何陪伴他，甚至都规划好了将来读常春藤大学，有时还会为一些不知未来可否实现的事情争执得死去活来，我们仨都满怀期待他或她的到来。

林剑给我联系了香港最好的医院和产科大夫，雇用了经验丰富的月嫂，时时刻刻感受他对自己的关心和温暖。

预产期的前半个月林剑就让我住进了香港利兹卡尔顿的酒店

待产，我一个劲地埋怨他根本不用这么紧张和浪费，可是在我怀孕这件事情的处理上他绝对的强势和霸道，不允许我有半点的任性。我开玩笑说将来等你们自己有孩子时那岂不是天都要塌下来啦。他微微笑着说，这就是我们的孩子，我和美悦老了就指望他喽。

第二天早上六点多肚子开始有规律地阵痛，我知道这小家伙要提前和我们见面了，我电话美悦说宝宝可能要出生了，不到五分钟的时间他俩就出现在我门口，林剑也完全一改平日出门打扮考究的模样，这么快的速度估计抓住什么穿什么了。

给我接生的是一位男大夫，听说经验非常丰富。先不管经验如何，单是说话就温柔得让你很舒服，他说我的生产条件很好，完全可以自然分娩，我也正有此意。

我躺在床上忍受每一次的阵痛，我想到了他，到现在为止他还不知道此刻即将有位流着和他相同血液的孩子出生，各种复杂的情绪随着疼痛涌上心头。

可是胎心监测到孩子的状况不是很好，评分开始逐步下降，医生迅速和林剑交流需要剖腹产不然孩子会有危险，我还想再坚持，可是大家都否定了我的意见。

手术实施半身麻醉，麻醉师也是温柔得让你心情愉悦，他温柔地说不要紧张，有什么不舒服的感受随时告诉他。无论是医生、护士都极力地用最专业的方法给予帮助，脸上都荡漾着温暖快乐的神情，怀孕生产真的是一个女人最无助与脆弱的时刻。

一阵剧烈的挤压痛后医生护士齐声开心地说："宝宝出来啦！是个男宝宝，好漂亮啊！"然后我听到了这个世界上最好听的哭声，内心的激动无法用言语表达。护士非常专业迅速地为宝宝擦净身体包裹起来拿给我看，他睁大的双眼不知在看什么，眼睛是那么的透亮，照得我的世界一下都那么明亮与快乐。

林剑看到孩子和我顺利地从手术室出来高兴得不知所言，他小心翼翼地抱起孩子眼睛笑成了一条线，美悦赶紧接过孩子说："给我抱抱，你看你抱得那么紧宝贝都不舒服了。"林剑往后退了退不肯撒手："谁说的，他就喜欢他舅舅抱着他，这可是我的小心肝大希望啊！"

常规剖腹产在医院只能待五天，林剑担心我的伤口不敢回家，硬是在医院耗到第九天才回深圳。

家里又增添了两名月嫂专门用来看护孩子，林剑说这是深圳最有名气和专业的两个月嫂，我没有采纳他的建议，而是让兰姐和另外一名月嫂看护孩子，剩下的那个照顾我。林剑瞬间明白我的意思，连连点头称我的安排妥当。

在美悦和月嫂细致的照顾下我长得红光满面，因为孩子的出生心情每天开心激动，比我更激动的就是林剑他的应酬似乎一下全部没有了，有时候连中午都要回来假借回家吃饭之名抱着孩子玩，时常一个人抱着孩子对着孩子说一堆的话。我们都笑话他讲这么多的话孩子又听不明白他却说我的宝贝能听懂，因为这个孩子的到来这个家庭每天都充满了欢乐与惊喜，细细想来难怪会有女人为稳定丈夫的心会用生孩子这招。

要给孩子去香港落户口，我们仨绞尽脑汁想取个最好听的名字，最后还是没辩论过林剑叫了靖宣，如此吧！只是个名字称呼而已叫什么其实都无所谓，只要孩子能健康成长。

晚上翻来覆去为了孩子的姓氏睡不着，随他爸爸的姓氏我不想，随我的姓氏又觉得有点对不住林剑，我知道他对孩子的爱不少于我一丝一毫，他知道自己现在已经不可能有属于自己的孩子了，在他心里靖宣就如同他自己的孩子，这一路上若是没有他的保护照顾，我也不能确定这孩子能否正常地出生，罢了，随他姓吧！

"哥，我知道你特别爱靖宣，干脆这孩子就随你姓吧！"我一边吃着早餐一边假装无所谓地说出了自己的想法。

"真的吗？真的啊？你不会是逗着我玩的吧！"他像个孩子那样控制不住内心的喜悦，端着个没点燃的雪茄围着桌子晃来晃去，美悦也开心得不得了，或许爱就是看着自己爱的人高兴欢喜自己也开心不已吧！在美悦对待林剑的态度上我深深地感到爱就是付出。

李萱电话来告诉我她要结婚了，男的是个造型师，发来照片给我看，我一边咬着苹果一边看着照片问她："我怎么觉得你俩像姐弟恋呢？"

"我一看就比他大吗？"李萱有点紧张地问我。"当然不是，其实主要原因是你的眼睛看着有内涵有深度，对方看着阳光！"我打着哈哈赶紧圆场。

"那是，我出道这些年都是混在生意场哪能没内容和深度，人家那是艺术家，眼睛里面只有美的东西，你不知道吧？他在武汉可有名气了，很多主持人、明星都是他的忠实客户，没他亲手打造的造型都不出席的！"她说得一副眉飞色舞的张狂样。

"还有啊！为了你我都没请黄觉参加我的婚礼，就担心你不高兴，你那天必须老老实实地参加我的婚礼不许耍花样！"

"放心吧！我一定会按时来参加你的婚礼的！"

时间过得真是快，转眼间又是阳春三月桃花盛开的时节，最喜欢武汉的三月桃花开得漫天飞舞，让人经常产生身在世外桃源的田园旖旎中，记得那会他经常带着我在桃花盛开的桃花园四处打闹嬉笑，他会在桃花园看着落日的光辉洒在我脸上夸赞我好比桃花仙子的美丽与自然。恍惚间这些都是不真实的只是曾经出现在梦里的场景，我收回回忆，嘲笑自己的愚笨。

憎恨自己还是没有完全地放下他，尽管从不和任何人提起他，也不愿意听到他的任何事情，但心里的感觉只有自己知道，虽然到目前为止追求自己的优秀异性络绎不绝可是自己却没半点感觉！

每个城市都有自己独特的味道，这个带给我最多快乐和最大伤害的城市让我欲罢不能，她们仨像个疯婆子般在机场搂着我又是叫又是跳，惹得旁人连连回头以为她们从精神病院跑出来。

李萱在香格里拉开了一间套房，今晚我们决定吃喝聊天到天明，大家在房间各种胡闹、调侃，有时也感叹自己幸运虽然没有亲的兄弟姐妹但我们几个的感情却也不输给亲姐妹。

李萱突然大叫一声，已经十二点了，又错过了美容觉，后天一早就是我人生中最美丽的时刻我要漂亮地冒着仙气！她跳起来冲进洗手间又是精油泡浴又是玫瑰面膜。

婚礼在公园举行，阳光明媚、鸟语花香，看着齐浩挽着安静的手、行越牵着陈蓉、造型师亲吻着李萱的额头我抬起头看着蓝蓝的天空微微笑了起来。爱情真的是很折磨人，曾经被所有人羡慕的才子佳人到如今的结果却是最糟糕；而不被人看好的姐弟恋却能走入婚姻的步伐。

"欣然！好久不见了！"行越的声音在身边响起。

我回过神，朝他笑笑："是啊！好久不见！"

曾经的老朋友却也不知从何开始说起，打完招呼竟然不知聊些什么才合适，陈蓉赶紧打破我们之间的沉默，对行越说："欣然是不是更美丽了？"

"当然，她一直就是我们心中最美的女神啊！"齐浩不知从哪里冒出来站在我身旁。

"哈哈，终于被我逮住了吧！就知道你心里最崇拜喜欢的女性就是欣然这样的，还死不承认，现在被我抓住了吧！"安静追着齐浩打，齐浩边躲边说："别胡闹啊！好歹我也是刑侦队的头，你这样在外面不给面子以后让我怎么混啊！"我们笑成一团。

发现陈蓉和行越的表情突然有所变化，安静和齐浩也突然停止了打闹，李萱和造型师不知何时也过来了，我顺着大家的眼神转过身发现了他。

他还是那么帅，笔挺的身板，冷峻的面容，他的出现已经让身边路过的好几个女孩张大嘴互相悄悄地说好帅啊！

"没遇见过不发请柬上赶着参加婚礼的嘉宾吧李萱！"他冲着李萱微微笑了一下。

"没有黄总……不是……我那个……"平日能言善道脸皮最厚的李萱竟然不知所措。

"您就是黄总啊！武汉人尽皆知的大哥啊！您和我家萱萱原来是朋友啊？萱萱你怎么这么不懂事竟然忘记给黄大哥请柬了！

大哥，您别介意我家萱萱的马大哈她有时就是这么个傻姑娘，丢三落四没心没肺的，婚礼结束我一定亲自去您那儿为您赔罪……"造型师的技术有多好我不知道，但能说会道倒是真的，我看李萱真的像个小姑娘一样站他身后一副依偎的模样，我笑了笑，女人不就是希望有人在意有人宠着吗？

"很久不见，你还是那么漂亮！"他突然没由来地冲我说了这么一句话。弄得我都不知道怎么接茬了，曾经也想象过见面后的画面，想象过他的沉默和悲伤，可是现在却看不出他任何的悲伤情绪，看来对于这段感情人家早已放下，只是自己一个人在这场爱情里还玩着独角戏。

"谢谢！你也还是那么风流倜傥！"我俩的对话让大家也不知所以然。

"可以赏光一起晚餐吗？"他直视我的眼睛让我不能回避。

"谢谢！我订了晚上回深圳的机票！改天！"我平静温和地对他笑笑。

"你不是明天晚上的机票吗？"安静一时没反应过来脱口而出。

"那可不行，晚上我们还要闹洞房呢！没有你怎么好玩呢！今晚你要是走了那咱这姐妹情看来实在也太淡了。"

大家都看出这是我推辞黄觉的一个借口而已，却被这不知真假的李萱弄得我下不来台。

"那你们好好玩，我有事先告退。"黄觉很复杂地看了我一眼，转身离去。

实在不愿和一堆的人闹腾起哄，加上心情本来也没那么好，便开着车一路沿着江边看风景。武汉江边的夜晚一直是我最爱的风景，有着生活真实的味道，浓郁得让你没办法不爱它。

"一切都还好吗？"当我在江边散步，还沉浸在自己回忆的世界里时，不知何时他已经走在我身旁。

"很好！你呢？孩子应该很漂亮吧？祝贺你做爸爸了。"说完这句话心里丝丝作痛。

"还好！没多大感觉！"他很简单地回应我的问题。

我俩就一直沿着江路行走，谁也没有说话。

"你说我们还有机会在一起吗？"冷不丁他突然冒出这样一句话。黑暗中他的眼睛很亮很闪耀，里面充满了期望。

"一切都过去了，再也回不去了，也不想再回去了。"说完这句话我看着他闪亮的眼神慢慢消退直到冷漠的悲哀。

"天太晚了，我该回去休息了，明天一早我就回深圳了，你自己多保重！"我伸出手想和他握手告别。

他没有伸出手和我握手，而是快速霸道地拥抱着我，力气大到我都不能呼吸，他压低声音伏在我耳边说："难道我们真的没有在一起的机会了？"

我冷冷地推开他，强忍住快要流出的泪水强装笑颜说："你觉得呢？每一次的机会都是你给搞砸了，你的爱让我迷惑让我难堪让我痛苦，我不想和你再有任何的纠缠和联系！"说完我转身离去，留下他漠然孤寂的身影。

回到深圳，看着可爱的儿子心情的抑郁纠结很快缓解，他已经半岁了，每每我们一逗他他就会咯咯笑个不停，因为他长得胖乎乎又好动调皮我们大家都称呼他为"小哪吒"。林剑和美悦简直把他爱到极致，无论怎么做都觉得还是不够好，弄得我自己好像外人似的。

一天的工作累得回到家就陷在沙发里出不来，我看着林剑和美悦隐隐藏藏、欲言又止的模样，瞟了他俩一眼："说吧！是不是又想出什么新方案给小哪吒，我都和你们说过了，他还小不用那么早规划，什么早教什么不能输在起跑线那都是骗人的鬼话，我说你俩好歹也是读过书有见识的人怎么也能被商家忽悠呢，孩子小时候最大的教育就是开心地玩，你俩怎么连这个都搞不懂……"

"不是，我们今天不是想和你讨论孩子的事情，是，是黄觉出事了！"林剑深深吸了一口雪茄。

"他这么有本事，能出什么事？再说就算有事那也不关我们的事。"

正说着，手机响了，陈蓉打过来的："亲爱的，打了你七八个电话你都不接，真是急死我们了！"

"哦，今天下午开会手机静音了，怎么啦大小姐？出什么情况啦？"我接过兰姐递过来的凉茶使劲喝了一大口。

"黄觉出事了，欣然你快回来吧！"

"对不起，这和我没什么关系！"我冷冷地回答她！

"我知道你恨他，可是不管怎么说他毕竟是孩子的爸爸，如果再没人出来阻止他恐怕三条人命不保。"

在我沉默的时候，林剑走来拍拍我的肩膀："别给自己留遗憾，我给你订了晚上九点去武汉的飞机票，你现在出发还赶得上。"

我拿起手提包冲出门外。整个飞行过程中，我的心七上八下，怎么也平静不下来，三条人命？什么事情闹得这么严重！

几乎是一路小跑走出廊桥，她们仨还有齐浩已经在机场大厅等候，我们一边快速地走向停车场，陈蓉一边告诉了我事情的来龙去脉。

黄觉和晓琳的儿子因为感冒发烧去医院就诊，在看病过程中黄觉发现孩子和他的血型不对，他一直奇怪为什么对这个孩子一点感觉都没有，怀疑心促使他带着孩子做了亲子鉴定，结果是孩子和他无任何血缘关系。刚好在此同时他下面的兄弟也告诉他时常看见晓琳和一个男人在一起。

黄觉拿起刀四处找他们的下落，他说不杀了他俩他就枉为男人。听陈蓉说完我陷入了沉思，我知道现在的情况有多紧张，即便是我出来劝阻他也未必会听。一个如此骄傲的男人，在这座城市呼风唤雨的男人，为此还失去他一生挚爱的男人在最后的结果竟然是被他并未爱过的女人耍得如此颜面扫地，他如何自处如何面对大家的评论和讥笑。我深深吸了口气，不再言语。

来到恒景酒店他住的套房，看见他眼睛充满了血丝，一手拿着刀一手在接听电话，行越站在他身边不敢言语。

"用尽一切手段找到那对狗男女，第一时间电话我，马上，要快。"

看到我的出现他显然很吃惊，还没等我说话，他浑身冒着杀气冷冷地朝我走来，我从来没有看到过他如此的愤怒和失去理智的模样，不由得倒退了几步，他紧逼上来几乎贴着我冷冷地说道："你现在是不是很开心很得意？你心里一定高兴地在说活该吧？为了这个女人和这个莫名其妙的孩子我失去一生中最爱的女人，这种连一般无能的男人都不会发生的事情却发生在我头上，儿子竟然不是我的，是别的男人的。哈哈哈，这真是太滑稽太可笑了！"

"我没有这个意思，我……"还没等我把话说完他直接大吼道："那你是过来同情我的吗？同情我这个被人耍被全世界笑话的男人？"

有人来敲门说"找到他们了"。黄觉第一个冲出门外，大家紧跟其后，黄觉开着车像疯了一样，好几次差点撞上其他的车。在一个胡同里黄觉堵住了在里面瑟瑟发抖的他们，他冲上前抓住晓琳就是几个耳光，然后一脚把她踹出几米远，那个和小哪吒差不多大的孩子似乎也明白些什么，在地上哭得不行。看着这样的场面大家都觉得很难受，行越和齐浩准备上前阻止，他从怀里掏出一把手枪，冷冷地说："今天谁要敢管这事就别怪兄弟我不讲情面，你们全部给我回家。"估计行越和齐浩也没见过他这样的行为止住了脚步不敢前行。

在晓琳身边的男子已经吓得魂不守舍，全身像筛子一样抖个不停，黄觉冲上前一顿拳打脚踢，男人连还手的念头都没有，蜷在墙角边上被打得四处流血。

再这样下去，这个男人肯定会被打死，我飞快地跑了过来死死地抱着黄觉不让他继续殴打这个已经被吓傻的可怜男人。

我抬起头，看着这个曾经那么意气风发的男人此刻像着了魔似的，我抱着他说："放了他们吧！就算你打死他们这事情也发生了，就算我求你了。"

他生硬地拉开我的一只手，冷冷地说："和你没任何关系，你走开。"

"放了他们，你要什么我都可以答应你，你不是想和我和好吗？只要你放了他们，我都答应！"

"我不需要你的同情，你走！"他愤怒地用力甩开我，我一下被甩出几米远跌落在地上。他从来没有这么对待过我，别说甩开我，即便是在我最无理取闹他最生气的时刻都不曾碰我一下，有时不小心磕到哪里他都心疼不已。腿的疼痛心的疼痛让我禁不住流泪。

"对不起然然，我不是故意的。"他转身走来蹲在我身边想扶我起来。

夜已经很深，胡同的人都已经熟睡，昏暗朦胧的灯光给人一种悲凉的感觉，他的兄弟们齐齐站着几排，地上躺着那对可怜的男女，孩子因为哭累了也趴在地上睡着了。看着孩子，想到自己的小哪吒，心里升起对那孩子无限的怜悯，毕竟他还是个婴儿，一个没有能力保护自己的小宝宝。

"黄觉，放了他们吧！我知道你心里难受，但这一切都会过去，如果你需要，我愿意陪你一起走过这段伤害！毕竟孩子是没罪的，好吗？算我求你！"我从来没有如此低声下气和他说过话，他动摇了几分钟。

"对不起然然，我做不到，看到他们活在这个世界上，我就觉得自己的耻辱。"

"可是你杀了他们你也会没命啊！"

"这个你不用操心，我自己有办法。"

"黄觉，你要杀我俩可以，求求你放过孩子！"晓琳跪着从那边爬过来苦苦哀求。

"在你下定决心想欺骗我的那刻开始你就应该明白，这是你们唯一的结果。"黄觉冷冷的声音听着让人心寒。

"我是因为爱你不愿意和你分开我才这么做的，请你看在这情分上饶了孩子一命！"

"那天我喝醉酒的晚上是不是根本就没和你发生什么？"他咬着牙齿缓缓地问到这个问题。

"是，是我错了，当时我是真的不想和你分开才这么做的，而且当时我也不知道我怀了别人的孩子。"

"够了，你去死吧！"

他拿起地上的刀走了过去，孩子此刻刚好也大声地哭了出来，黄觉转向孩子冷冷地说："那先杀了你个孽种吧。"

或许是母亲本能的反应，我和晓琳同时冲了上去，然后我感到腹部一阵剧痛，然后热乎乎的什么流了出来，一瞬间都太快，大家都还没来得及反应过来都呆呆地站着不动！

接着我听到李萱一阵尖叫，然后我看见所有人都张大嘴瞪着眼睛看着我，我顺着剧痛的地方慢慢看下去，那把锋利无比的刀此刻正插在我身上，我感觉自己大脑一片空白，心里只有一个念头，我不能死，我的小哪吒不能没有妈妈。

泪水像绝了堤的江水收也收不住，一阵巨大的疼痛让我腿一软，黄觉也傻了一般地呆看着我，直到我倒下去的瞬间才接住了我，我流着眼泪忍着疼痛说："救救我，我不能死，我还有小哪吒，他不能没有妈妈的陪伴！"

"然然，然然，你不会死的，我马上送你去医院。"

"行越，你快点开，然然流血太多了，我怕……"陈蓉一边哭一边拉着我的手不停地摩擦。

"欣然，你的手好凉，你不许睡着，小哪吒还等着你呢！你一定要坚强！"

"可是我好痛，也好累，我想睡一会！"

"卓欣然，你不许睡，我不允许你睡，你一定要坚持，前面就是医院，如果万一你真的挺不过来我也不会让你一个人孤独地离去，我一定会陪着你。"我看着他像孩子一样的无助，眼泪冰凉地掉在我的脸颊上。

"黄觉，你不要再做蠢事了，放了他们一家吧！如果万一我挺不过来你一定要照顾好小哪吒……"

陷入很长一段时间的黑暗，有时能听到外面人的说话，甚至能感受到护士在给我换药，有时又什么感觉也没有陷入昏迷，我想睁开眼睛可是睁不开，我想说话可是发不出声音，我像是被关进一个黑暗的盒子里，时而意识清晰时而陷入昏沉。

醒来时已经是第三天的清晨，阳光透过窗户洒落房间，在看到光的一瞬间内心充满了莫名的感动和喜悦，曾经为此纠结、痛苦、伤心的所有事情在经历了生与死、黑暗与光明的较量后都显得如此的不重要，很多时候是我们自己伤害了自己。黄觉趴在我床上睡得很沉，他的一只手握着我的手，李萱靠在沙发上睡着了。

我挣扎着想起床喝点水，腹部的一阵剧痛让我不敢动，黄觉猛地惊醒，时间似乎停止。我们俩就这么四目相望，谁也没有说话，然后泪水从我们眼中慢慢溢出来。

突然，他好像从梦中清醒过来一般，突然笑着说："我就知道你不会抛下我独自离开的，因为你知道我还是那么爱你，你舍不得离开我，你现在要什么我都可以给你，哪怕是我的命。"

我对他笑笑虚弱地说："我不想要你的命，我只想喝点水。"

李萱突然从沙发上跳起来说："黄总，我怎么听见欣然说要喝水呢！我是在做梦吗？"

"不，你不是在做梦，欣然是真的醒了，她想喝水了。"他俩高兴得情不自禁地拥抱了起来，然后同时手慌脚乱地给我倒水。

李萱拿起电话开始通知大家，没多一会儿人都到齐了。几乎在同一时刻林剑和美悦带着孩子也赶到了医院。

当他俩看到我如此虚弱地躺在病床上时都急了，林剑突然转过身去抓住黄觉的衣领愤怒地说："我看欣然跟着你就没一点好事，不是伤心痛苦就是受伤，如果这次她有什么三长两短，你也别想好好地活着。"这辈子没被人拽过衣领的黄觉此刻像个做错事情的小男孩一动不动。

小哪吒看到我，开心地伸出手想让我抱抱他，美悦赶紧把孩子递给我，摸着他嫩滑的小胖手泪水情不自禁地又流了出来，在生命危险的时刻心里最牵挂的就是他，他笑着爬向我含糊地发出"妈妈"的声音。我高兴得顾不得伤口疼，直接把他搂入怀里，开心地说："美悦姐，他会叫妈妈了，他怎么这么聪明呢！"

"是啊！自从你走的那天，他就满屋子到处爬着找你，不停地叫妈妈，看来真是母子连心，你得快快地好起来啊！"

"这孩子怎么这么像黄总啊？"李萱的新婚丈夫造型师突然冒出这么一句话。李萱狠狠地瞪了他一眼。

"妈妈？欣然，你什么时候有了孩子？这孩子？"黄觉步伐有点沉重地走过来，他蹲下来仔细地看着小哪吒，小哪吒也好奇地看着他，然后咯咯地对他笑了起来，一时间大家都默不作声，气氛顿时安静下来。

"陈蓉，你来告诉我这是怎么回事？"黄觉的语气近乎命令，让人不敢违抗。

"这个，我……"陈蓉看了我一眼，不知如何说起。

"好了，欣然，我看还是别瞒了，告诉他吧！"我打断了想说出实情的李萱。

"美悦，你和哥哥先带走孩子回酒店吧，医院细菌多怕感染孩子生病了，我没事，你们不用担心。我们电话联系。"

"不许走，必须告诉我这个孩子的由来！"他很霸道地抱起孩子站了起来。

"这是我的孩子，和你没什么关系，你把孩子给美悦。"

"你的孩子？你什么时候有了孩子？这孩子和那贱人的孩子一般大小，难道你在和我好的时候也和别人有扯不清的关系？"

我完全没想到他会如此说话，气得忍着疼痛从床上坐起来："黄觉，你不要太过分。"不知是因为伤口疼痛还是身体虚弱血压太低加上情绪过于激动一瞬间我又失去知觉倒了下去，几秒钟后又醒了过来。

我听见林剑几乎是咆哮的声音："黄觉，你太过分了！"

他哀痛地看了我一眼，什么也没说，缓慢地离开了医院。

后面的时间里他一直未曾出现，有几次深夜我似乎看见他徘徊在医院走廊里。七天后医院通知我可以出院了，林剑和美悦也带着孩子来接我，他们订了当天回深圳的机票，林剑说他一分钟也不想待在这里了。

期间很多次，我都很想告诉他事情的真相，可是他不接我电话也不回复我信息，带着遗憾带着伤痛我又一次离开了这座城市。

工作依然很忙碌，新品的发布、工厂的管理、个人的采访忙得自己没有时间回忆这些伤痛的往事，日子总是要过的，看着各种杂志里漂亮的自己笑得那么开心，谁能真正明白自己的伤痛和无奈。我们每天看到的各种信息、宣传又有几个是真实的呢？每个人每天在不同的环境扮演着不同的自己。

很快又要过年了，每天忙得如陀螺没停息的时间，今天天气温暖阳光明媚，我带着小哪吒去公园转转，他已经会走路了，跟跟跄跄的很是好玩。我们仨陪着小哪吒又是吹泡泡又是躲猫猫，最后都变成我们三个人打闹着玩了，很久没有这么开心了。

林剑和美悦带着哪吒去一旁看人踢足球，我坐在公园的长椅上休息，拿起一瓶矿泉水却怎么也拧不开，突然伸出一双手拿起我的矿泉水，我迎着太阳看到了一张熟悉冷峻的脸，他的眼神透着明亮的光芒，就如同十年前我们刚认识那会儿的温柔与爱恋，就这样一直保持这个姿势看着他，以为这只是幻觉。

"傻丫头，你再这样对着太阳会把眼睛弄坏的。"看来这不是个幻境，声音是那么的真实，傻丫头，是他曾经对我的昵称，只要我做错事情他就会这么称呼我，从来不会真的生气。

他单膝跪地，拿出一颗估计十克拉左右大的红宝石很霸道没有商量余地地戴在我的无名指上。

我低下头看着这颗在阳光下闪闪舞动着红火色彩的宝石说："我还没有同意接受这个礼物。"

"这一次无论你同不同意、愿不愿意我都不会让你离去，以后的每一天你都要出现在我的视野，我曾经不断地把你弄丢，这一次，我会用一生去弥补我的错误！"

他站起来坐在我身边搂着我的感觉还是如同从前般的温暖和力量，我使劲地吸了口空气竟然感觉空气里有甜丝丝的味道。

他告诉我那天他从医院离去，一直颓废着喝着酒，也不去公司，行越实在看不下去，把所有的事情都告诉了他。

"行越告诉我说，你那天兴致勃勃地找我是想告诉我你怀孕了，结果遇见那个女人拿来化验单说她也怀了孩子，你一个人默默地选择了离开那座城市独自承担所有的痛苦和强烈的妊娠反应带来的身体伤害。我一直以为你只是生气不能原谅接受我的错误，当他告诉我那天在医院看见的哪吒就是我们的孩子时我觉得这辈子都没这么激动开心过，我什么也不想管什么也做不了我就是想来见你和孩子，祈求你们的原谅，用我一生的时间去弥补我对你们的伤害和错误。"

"我和孩子很好，你不用担心，林剑和美悦非常疼爱小哪吒，甚至比起我这个做娘的都用心，你不用为此弥补什么。"经历这么多事情后心态越发的平静与理智。

"可是我爱你，欣然，即便听说别的女人怀了我的孩子我也是依然不肯娶她的，在我心里，妻子的这个称呼始终是你，无人可以替代，如果你现在接受不了我，我也会一直陪在你和孩子身边永远也不会离去，如今无论你怎么打骂我我都要留在你身边！"他紧紧地搂着我霸道不改当年。

即便是冬天深圳依然还是那么温暖，树木并没有因为冬天的到来而衰败，依然是这么郁郁葱葱，五颜六色的花在阳光下映衬得更加艳丽，缤纷的泡泡四处飞扬惹得孩子们互相追逐，不远处他们三人快乐的身影渐渐清晰，而我在他温暖的怀里也闻到了当初爱恋的味道！